# マリリン・トールド・ミー

☎

山内マリコ

河出書房新社

# マリリン・トールド・ミー　目次

# マリリン・トールド・ミー

## 二〇二〇年・春

三月十二日、登録したばかりの学生用アドレスに大学からメールが届く。「新型コロナウイルス感染症の拡大により、本年度の入学式は中止いたします」。コロナ、なんか思ってるよりだいぶ深刻なんだって、はじめて焦った。

「ママ、このスーツどうしよ」

和室に掛けてある、ＡＯＫＩで買ったリクルートスーツを見上げる。中に着るブラウスと靴とバッグ、あわせて四万円もした。

「ちょっと待ってね」

ママはこたつに入ってスマホに目を落としたまま言う。Twitter検索でみんなの状況を調べてるんだ。ママはこのところツイ廃気味だ。コロナでライブとか次々延期になってるから、入学式もやらないかもねって予言してたけど、本当にその通りになっちゃった。

先週ドラッグストアに行ったとき、マスクとか消毒用アルコール買っとく？　って訊いたら、えーこんなん二週間くらいで収まるでしょって言って買わなかったのを、ママは死ぬほど後悔してた。マスクなんてもうどこを探してもない。

あたしはこたつの天板にほてった頬をのっけて冷やす。不安だ。けど、こたつは気持ちいいな。ずっとこうしてたい。とける〜。高校の卒業式も中止だった。でもあたし、高校はもういいやってなってたからな。あんまショックじゃなかった。クラスの子とノリもなんか合わなくて、青春ぽいこともほとんど起こらなかった。中学のほうがよっぽど楽しかった。それが、高三の春に担任から推薦の話を持ちかけられて、未来がいきなりパァッと拓けた。おい瀬戸《せと》、このまま成績落とさなかったら、東京の私立大に推薦できるぞ、って。

東京の大学……!?

ママはその話に目をきらきらさせた。東京へ行くことも、大学に入ることも、ママが若い時にしたかったけどできなかったことだから。女は親元に残るもんだ、短大で充分だと言われて地元から出してもらえなかった恨み話を何度も聞かされた。だから、「杏奈《あんな》は好きに生きなね」って、ママは口癖みたいに言った。

叶えられなかったママの夢・第二弾は、母娘二人だけで暮らすこと。昼職と夜のスナックを掛け持ちしながら、いつかおばあちゃんの家を出て二人で暮らそうねって、よく小学校の頃は言ってたな。そしてこの一年は、杏奈を大学まで出すことが私の夢、と言うようになった。

「うーん、あんまりわかんないな」

ママはスマホを置いて言った。「〝新入生　引っ越し〟とかで検索したけど、みんなどう動こうか迷ってるみたい。ねえ杏奈みかんとって」

あたしは手を伸ばしてダンボール箱に入ってる有田みかんを二つ、ママにパスした。ついでに自分にも二個。剝いて、半分にしたのを口に放り込む。スイーツくらい甘くてほんと美味しい。

「東京行っちゃっていいのかなぁ」

このところ、ずっとそれで悩んでる。東京までは深夜バスで六時間。Google Mapsで調べると、大学近くの下宿先は東京駅からさらに電車で一時間以上かかるみたいで気が遠くなる。このままずっと家にいたいな。けど、入学金二十四万円、もう振り込んじゃったしな。

「入学式はどこも中止だね。けどさすがに授業はあるでしょって」

「うー……」

「どうしたらいいんだろうね」

「どーしよ」

あたしは寝落ちしかけの、気持ちよさの中をたゆたった。

秋に推薦入試、年末には合格通知が届いた。そのタイミングでママが母子家庭の大学無償化の話をTwitterで知って大慌てで調べたけど、前の年に申請しとかなくちゃいけないことがわかって詰んで、貸与型奨学金を借りようってことになった。自宅外通学の私立で貸りれる、最高月額六万円一択。

進路も決まったし、二〇二〇年がはじまってからはずっと暇だった。いまさらだけどSNSにでも力を入れるか。若い世代への影響力が絶大なことで知られるあのインフルエンサーの正体、実はあたしでした！　みたいな展開を夢見たけれど、結局フォロワー数二桁の死ぬほどしょぼいアカウントを放置してる。三学期は一瞬で終わった。途中からコロナで休校になって、卒業式もなくなって、ぐだぐだで解散。

テレビではずっとダイヤモンド・プリンセス号が横浜港に停泊しているニュースをやってた。首都圏はもうコロナ蔓延って感じ。ついにうちの県にも感染者が出て、村八分かよってくらい責められてた。愛知ではコロナにかかった五十代の男が「ウイルスをばらまいてやる」と飲食店にやってきて騒ぎを起こしていた。ニュースで流れた映像、飲食店っていうのは、どう見てもスナックだった。

ママが同じ目に遭ったらと思うと死ぬほど怖い。昔から、ママが不幸な目に遭うことを極端に恐れてる。交通事故とか、変な男に刺されるとか。ダークな想像力がやばい。あわてて頭をふってかき消すのが癖。

けどママの前ではそういうナイーブなところは出さないようにしてた。メンタルがタフな娘を演じるのはお手のものだ。子供の頃からずっとそうだった。ママが夜中、酔っ払った勢いであたしに抱きついて、さみしい思いをさせてごめんねって言ってきても、ちょ、待って待って、さみしいとか別に思ってないから、なんてわざと小生意気な言い方でつっぱねた。ママはお酒が入るとしんみりするタイプ。しくしく鼻をすすりながら、「ごはん作ってあげられなくてごめんね……」とか言い出すから、あたしはフットボールアワー後藤くらいの速度で「ハァ?」って言う。「いやおばあちゃんが作ってくれてるし! ていうかさぁママ、そんないかにもシングルマザーが言いそうなフレーズ、どこで覚えてきたの?」。弱い部分のあるママをサポートする、しっかり者の娘。っていうアイデンティティ。

そういう生活を、このままずっと続けてもよかったんだけどな。一生。死ぬまで。なんとなく流れで、東京の大学に行くことを決めてしまった。けど、どうなるんだろ。住むところも決めて、引っ越しも手配済みだけど。ニトリで家具を買って、ヤマダ電機の新生活応援セールで冷蔵庫と洗濯機と電子レンジを買って、ＡＯＫＩで入学式に着て行くスーツを買った。準備万端。

三月末。やっぱり予定通り、東京へ行くことになった。

「とにかく、コロナに罹《かか》らないように気をつけてね。しばらくは食べるものだけ買いに出て、あとは部屋に引きこもってるのよ」

ママはそう言ってあたしを送り出した。

夜中、駅のロータリーで、夜行バスの窓に向かって手をふるママは、マスクをしてなかった。家にほんの少し残ってた買い置きの不織布マスクを全部あたしに持たせて、ママは大丈夫だから行きなさいって、笑って手をふってた。

部屋ちっさ。家賃四万八千円、１Ｋ、十八平米、オートロック付き。その情報だけ見て決めたアパート。ベランダの窓を開けると、あたしの地元なのってくらい田舎じみた景色が広がってる。本当にここ東京？　東京って名乗っていいの？

靴三足でいっぱいの玄関、ＩＨコンロが一口だけの小さなキッチン、黄ばんだユニットバス、レールの滑りが悪いクローゼット、カビ臭いエアコン。フローリングの床が冷たすぎて、足の指を丸めて歩く。

あたしはさっそくママにＬＩＮＥのビデオ通話でルームツアーした。

「見てこれ、クローゼットかわいくない⁉　ほら、床もフローリングだしめっちゃいい感じだ。キッチンはね、こんな。まあそんな料理しないいし、ちょうどいいかな」

画面の中のママは心配げ。もう、そんな顔しないでよ。

「フローリング冷たいんじゃない？　ホットカーペットとか買って送ろうか？　あぁ一カーテン寸足らずじゃない。それじゃ冬寒いよ。防犯的にも心配だし。ねえすぐ測り直して。こっちで買って送るから」

「いいってば。全然これで大丈夫だから。無駄なお金つかわないで」

ただでさえ、このところの出費にあたしは胸を痛めてるんだから。家具も家電もスーツも、とにかくいちばん安いやつにした。カーテン買うときもけっこうもめた。あたしが柄が入ったかわいい系のやつを欲しがると、こういうカーテンだといかにも若い女の子が住んでるって、外から見えてバレバレだからダメって。結局、無難なクリーム色の遮光カーテンを買ったけど、足元が十センチくらい浮いてる。

「なんか殺風景だね……やっぱりテレビあった方が気が紛れるんじゃない？」

「いらないいらない。邪魔だもん。スマホあればいい」

「そう？　あ、ホイップ連れて行ったんだ」

ビデオ通話の画面にちらっと映った、マルチーズのぬいぐるみを見てママが言った。ホイップクリームみたいに真っ白い犬だからホイップ。あたしの心の友。

「やだホイップ、画面越しに見るとほんと汚れてるわ」

「ひどい！」

「手垢まみれだ」

「あたしの愛情ね！」

「クリーム感がない。板こんにゃくの色してる」

「最低なんですけど〜」

笑ってじゃあねって言って、通話を切った。

小さい頃からホイップに向かって誰にも言えない打ち明け話をしてた。ホイップを顔に近づけて、あのね、それでね、って。ホイップは見た目ただの白い子犬だけど実は賢者キャラ。中身はダンブルドア校長みたいな真っ白い髭《ひげ》のおじいさん。知能が高くて信頼できる。キャパがバカでかい。あたしのたいていの悩みはホイップが解決してきた。さすがに高校に入るとそういうことはもうやめてたけど、荷造りしてるとき、久々に目が合ったんだ。

「……ホイップも来るかい？　一緒に来てくれる？」

そうして、ダンボール箱の隙間に入れて東京に連れてきた。

あたしは一人っ子だし、家に一人でいるのも慣れっこだから、一人暮らしも平気って思ってるけど、やっぱりちょっと、不安は不安。だから、あると安心できそうなものはなんでも持ってきた。プリンセス・テレフォンっていう、ピンクの古い電話機もそう。これはママが若い頃、本当に電話として使っていたもので、あたしが大昔、押入れで発見した。

「うっわ！　懐かし～」

ママはあたしが好きなアニメとかも好きだけど、結局いちばんテンションが上がるのは、懐かしいものに対してだ。ウェスタン・エレクトリック社製のプリンセス・テレフォン。大好きだったアメリカン・ヴィンテージの雑貨屋さんで買ったものらしい。

「これで友達と長電話したなぁー」

ママは電話機を抱きしめるいきおいで言った。

あたしはその言葉から、若い頃のママを想像する。自分の部屋で一人、ベッドに寝転がって脚をバタバタさせながら、友達と長電話してるところを。なんだかママが主人公のドラマを見てる気持ちになる。

「杏奈もその電話でお喋りしてたの憶えてない？」

ママがくすくす笑って言う。

記憶にはないけど、ママはいまだにあたしの子供時代の可愛かったエピソードとして、電話で架空の友達とお喋りしてた話をした。いやだから憶えてないって。それでもママは何度もくり返し、あたしにその話をした。プリンセス・テレフォンの受話器を耳に当てた五歳か六歳くらいのあたしが、「ええ、そうそう、そうなのよ。いやになっちゃうわ、まったく」なんて大人の女の口ぶりで、誰かと話しているのを。ママは可笑《おか》しそうに、愛おしそうに、しょっちゅう思い出して語った。


四月七日、緊急事態宣言が出た。

首相の会見動画を見ながら、えっと、これはいったいどうしたらいいんだろうって、意味がわからなくてずっとドキドキしてる。急に自分がちっぽけに思えてくる。戦争ってこんな感じだった？　これから世界はどうなっちゃうの？　あたしは？　あたしの大学生活は？

高校のクラスメイトのＬＩＮＥグループは地元組の子たちだけでなんか盛り上がってて、メンタルによくないからミュートした。この状況で親元にいられるなんて羨ましくて死ぬ。でも、ママから心配そうなＬＩＮＥが来たら、「え、寝てた」とか「よゆー」とか打って鈍感な子を演出しとく。

大学から届くお知らせは、とにかく行動を自粛せよの一点張りだ。世間では大学生がクラスターを起こしたとすごく叩かれていたから。あたしは Twitter で、大学に一度も行けてない大学一年生を探し、手当たり次第にフォローした。みんなが不安で不安で仕方ないのを見て、よかった同じだって、ほっと胸を撫で下ろした。

〈みゆち〉は、深刻なさみしがりやさん。「もうやださみしい一人無理」とつぶやいてるのを見つけてフォローした。不安定そうな子だから面倒な絡み方されたらやだなと思ってリプは送ってないけど、いいねをつけて、心の中で「あたしもだよ」と、いつもささやいてる。あたしもさみしいよ、あたしもキャンパスライフに普通に期待してたよ、あたしも奨学金借りちゃってるよ、どうなるんだろうね、あたしたち。今のところリアルな知り合いはこの町にゼロだけど、フォローしてる人たちのツイートを見てれば、それはもう話してるのと同じようなものだった。

ママがダンボールに入れておいてくれた食料でとりあえずは凌《しの》ぐ。パスタソースとレトルトカレーと袋ラーメン。フローリングの床は石みたいに冷たくて、あたしはいつもベッドに避難してる。一日中お布団とマイクロファイバーの毛布をこっぽり被って、起きてる間はずーっとスマホを見てた。YouTube 、TikTok 、Twitter 、Instagram 、ときどき無課金のゲーム、アニメ、ドラマの無限ループ。Wi-Fi があれば暇なんていくらでも潰せる。けどなんか、胃にポテトチップスだけ詰め込んだみたいな、栄養ゼロのもので体を満たしてる虚無感がすごい。ちょっと控えよう、まじめに本とか読もうと思うけど、どうしてもスマホから自分を引き剝がせない。中毒性ヤバい。トイレに行くときもお風呂に浸かりながらも、夜、寝落ちするその瞬間までブルーライトに煌々《こうこう》と照らされてる。そして眠りから覚めるとまずTwitterを開いた。三時間、四時間があっという間に溶ける。

TikTokは欲望丸出しって感じで治安悪いけど、インスタは可愛くて平和だ。アルゴリズムが愚直だから、猫ばっかり見てたら猫ばっかり流れてくるようになって、知らなくていいことは知らないままでいられる。Twitterみたいにやなこと言う人はいない。メイク動画、瘦せる筋トレ動画、英会話、節約の方法、簡単おいしいレシピ紹介。自分を高めようとする女子たちのサークルみたい。ここでもあたしは大学生らしきアカウントをフォローして、勝手に知り合いの気分になった。とにかくみんなの状況が知りたかった。どうしてるのか、どんな気持ちか。そうじゃないと自分だけがこんな、時間が停止した世界に置いてきぼりにされてるみたいだから。

自粛警察が怖すぎて、ちょっと牛乳を買いにコンビニまで行くにも緊張してしまう。駅から少し離れた、特徴のない住宅街。二階建ての庭付き一軒家と、コーポラスみたいな集合住宅があるばかりで、店らしいものはない。車も通ってない。道で誰ともすれ違わない。コンビニに入ると、客が一人二人いるのでほっとした。

この街に来てあたしはまだ、このコンビニより先の世界には行ったことがない。いつの間にかレジに透明カーテンの仕切りができていて、なんだこれって驚く。

「いらっしゃいませ」

店員さんは外国人の女の子だ。コロナ怖い、早く故郷に帰りたいって、怯えた目をしてる。この子、アジアのどこの国から来たのかな、近所に住んでるのかな、大丈夫かな、話しかけたいなって思うけど、そんなコミュ力があれば苦労しない。レジの金額があれよあれよと二千円を超えていくのを、グサグサ刺されたような気持ちで見ていた。節約しないとな。ちょっと遠いけどスーパーに行こうスーパーに。

「にせんごひゃくはちじゅうななえんになります」

「あ……さん、ぜんえんで……おねがいしま……」

あたしの声かっすかす。感じのいいやりとりしたかったのに。もう何日も自分が言葉を発していないことに気がついた。声帯ってこんな弱るんだな。声帯以外もきっと弱ってる。

レジ袋を提げ、うつむき加減に早足で、来た道を戻る。マンションはオートロック完備というわりに、エントランスなんか蹴破れそうにちゃちだ。住みはじめて一週間になるけど、人の気配がまるでしない。ほかに住人はいるのかな、いないのかな。同じ大学の子も住んでたりする？　みんなコロナだから閉じこもってるだけ？　あたしの住む三階のフロアには、ドアがずらっと六つ並ぶ。あたしの部屋はいちばん奥だ。レジ袋のガサガサいう音を立てないように、廊下を忍び足で通り抜けた。誰かとばったり鉢合わせて、ここに自分以外にも人が住んでることを知って安心したい気もするし、誰にも会いたくない気もする。部屋に戻ると、ベランダの窓からぽかぽかと日が差し込んでいて、ああ、春なんだなって思った。

「大学生ばっか悪者にしてどうなの？」と、しきりにツイートしてたのでフォローした〈マルミちゃん〉は、だんだん政治に物申すようになっていった。海外に比べて補償金が遅いとか少ないとかっていう話をどんどんリツイートで回してくる。マルミちゃんは英語が得意みたいで海外ネタも多い。夜八時になったら医療従事者に拍手を贈るどこかの国の動画も、マルミちゃんのリツイートで知った。いきなりはじまった非日常に世界中が混乱してるけど、海外では隣近所の人同士が助け合ったりして、けっこう感動的だった。なのに日本は自粛警察が人々を監視してる。「なんでこんなに意地悪なんだろうね。これが国民性ってやつ？」、マルミちゃんがつぶやいてた。

緊急事態宣言が出てから一週間が経って、さすがにレトルト一辺倒の食生活はないなって、粉もの料理に挑戦しようとスーパーでお好み焼き粉とかキャベツを買って帰る。ボウルがないことに気づいて、マグカップで混ぜた。フライパンで小さなお好み焼きを焼きながら、前にママとおばあちゃんと三人で、ホットプレートでお好み焼きしたことを思い出してちょっと涙ぐむ。なんであたしここにいるの？　なにしてるの？　焼き上がったお好み焼き、全然食べたくなかったけど、無理して口に押し込んだ。食べて、排泄して、お風呂入って皮脂を洗い流して寝る、のルーティンもう飽きた。生きてる意味わかんない。今日が何日でいま何時かも考えない。

〈みゆち〉がどうやら亡くなったらしい。〈みゆち〉のアカウントに、親を名乗る人がツイートしてた。「〈みゆち〉こと土井美幸は四月十六日に永眠いたしました。これまで美幸を見守ってくださったみなさま、ありがとうございました」。え？　わかんないわかんない。なにこれ。やば。これって多分、自殺したってこと？　え、〈みゆち〉の人生は、これでおしまいなの？　やば。ショック。大ショック。

だけどあたしは、たった半日寝て起きたら、もうこのショックをほとんど忘れている。そのこともショックだけど、それさえも一日で忘れてしまった。だって相互フォローじゃなかったし、〈みゆち〉はあたしのこと知らないだろうし。この一週間、〈みゆち〉が大量に投下する言葉を追って、その不安や孤独に、心を慰めてもらってたっていう間柄。え、あたし薄情かなぁ？　残酷かなぁ？　泣いたり喚《わめ》いたりするべき？　だけどなんか、悲しみも罪悪感も膜一枚向こうにあって、嘘っぽくしか感じられない。〈みゆち〉の訃報《ふほう》にほんの一瞬タイムラインがざわついたけど、それも恐ろしい速度で過去へと流されていった。Twitter を閉じて、現実から逃げるみたいにインスタを開く。

インスタは相変わらず平和だ。ユニクロのおすすめアイテムを着回したり、洋服の着方のコツを教えてくれたり、猫動画とラッコ動画の可愛さが拮抗してたり。芸能人のゴシップ、海外セレブの昔の写真、そんなフィードに紛れて、見たことのあるハニーブロンドの女優がいきなり降臨する。この人名前なんだっけ、ああそうそう、マリリン・モンロー、それそれ。何枚かスワイプして見てたら、おやあなたマリリン・モンローが気に入りましたねってインスタが調子に乗ってきて、無限にマリリン画像が流れてくるようになった。

いやもういいからってくらい、マリリンマリリンマリリン。胸の谷間と赤リップ。ほくろ。胸の谷間。笑顔。お尻お尻お尻。あたしは、下目遣いのセクシーなキメ顔より、すっぴんにシンプルなニットみたいな、カジュアルなマリリンが好きだった。優しそうで、少しさみしそうな丸い瞳は、ストーブの炎みたいにあたしを温めてくれた。死んだ人ってなんか落ち着くな。余計なこと考えずに見てられる。安らぎがある。黒いタートルネックのマリリン、水色のワンピースのマリリン。TikTokで死ぬほど可愛い動画も見つけた。『紳士は金髪がお好き』という映画のミュージカルシーン。フューシャピンクのドレスで「ダイアモンドは女の親友」という曲を歌い踊るマリリンが素晴らしすぎて、取り憑かれたみたいに何度も再生する。くるくる変わる表情、ピョンと跳ねたりするちょっとした仕草もキュートだ。なにこの可愛い人は。

ステイホーム中、あたしは自堕落の沼でマリリンと踊った。スクロールすれば無限にショート動画は供給され、あたしは無抵抗でマリリンに蠱惑《こわく》されつづけた。起きてる間はずっと、何日も。

枕元に置いたプリンセス・テレフォンが鳴ったのは、そんな夜だった。

「ハロー、ハロー、もしもし？」

プリンセス・テレフォン

まどろんだ意識の奥、ずっと遠くのほうからベルがジリジリ鳴り響き、眠りを妨げられてちょっと腹を立てながら、あたしはプリンセス・テレフォンの受話器に手を伸ばした。カールしたコードをいっぱいに引っぱって、布団にくるまったままそれを耳に当てる。もしもし？　もしもし？　かすれた声が真っ暗な部屋に響く。もしもぉーし。誰？　おーい。

やだごめんなさい、もう寝てた？　お願い、怒らないでね。私、眠れなくて。どうしても誰かと話したかったのよ。

あたしはうつらうつらしながら、全然大丈夫だよ、どした？　ほとんど条件反射でそう応えた。なぜって、うちのママもよく夜遅く帰ってきて、寝ているあたしのとなりにごろんと横になって、甘えながらスナックの常連客のおじさんたちのこと、ムカつくムカつくムカつくぅ〜って愚痴ってたから。あたしは眠すぎてまぶたを閉じたまま、うん、うん、そうだね、ママ、大変だったね、ママがんばったね、えらいえらい、なんて言いながらママの背中をトントンして慰めたものだ。

電話してきた女の人は、マリリン・モンローと名乗った。

……え、まじで？　あの？　あのマリリン・モンロー？

そうよ。

なんで？　あたしは自分につっこむみたいに、独り言《ご》ちて少し笑った。だって、すごい昔の人じゃん。あと外国人じゃん。謎すぎるな、けどまあ、そういうこともあるのかもしれないなぁ、なんて頭の片隅で冷静に思う。コロナがはじまってから、ありえないことも起こるっていう世界線に突入してる気がするし。

で、なんのご用でしょう？

別に用っていうんじゃないけど、あなたいま、話せる？　時間ある？

うん、あるよ。めちゃくちゃ暇してる。

本当？

マリリンはやっと話し相手を見つけたと大喜びしながらしゃべりだした。

今夜はなんだかひとりぼっちが堪《こた》えてね。ホテルの部屋にひとりで泊まるのって、あんまり得意じゃないの。だってさみしいじゃない。あなた、私がいまニューヨークにいるのは知ってる？

ううん、知らない。

そっか。困ったわね、どこから話せばいいのかしら。ほら私、20世紀FOXって映画会社と契約してたでしょう?

知らんがな。あたしは心のなかでソフトにつっこんだ。

映画会社の狒々爺《ひひじじい》どもったら、私の映画で荒稼ぎしてるくせに、せいぜい週給千ドルぽっちしかよこさないんだから。税金やエージェント料、演技コーチへの支払いをしたら、私の手元に残るお金なんてすずめの涙。

あたしはその嘆きを聞いて、ますますママを思い出す。ママもよく、今月ヤバい、お金どうしようって言ってきたっけ。ママは昼も夜もまじめに働いてるし、無駄遣いなんか全然しないけど、それでも生活費はいつもぎりぎりだった。昼間勤めてる会社で、ママは契約社員だ。小さな会社の総務だから、施設や備品の管理に来客対応、新しい経理ソフトが導入されてからは、その入力もママの仕事になったのだと言っていた。そして、全然仕事をしていない中年の男性社員が、膨大な仕事に追われるママの何倍もの給料をかすめとっていると知って、めちゃくちゃキレてた。「女が稼げる仕事ってほんと少ない。スナックだってとても割には合わないし。やっぱせめて大学は出とかないと……」。いつもそういう話になるから、あたしも大学は行かなきゃなって思うようになった。

マリリンも、女が稼げる仕事の少なさを語る。

私ね、十六歳で結婚したの。それだって生活のためよ。あたしは寝返りをうって、受話器を右の耳から左の耳に当てなおす。

戦争中に工場で働いたことはあるけど、お小遣いみたいな給料だった。そんなんじゃとても暮らせないものね。学歴は高校中退だし、これといったスキルはなにもない。まあ、この外見だったおかげでカメラの前に立って、お金を稼げるようになったってわけ。それだってたいした金額にはならなかったけどね。ピンナップ写真のモデルをやっていた時代に比べたら、そうね、ええ、映画女優は女性が就《つ》ける職業のなかでは、かなり稼げる仕事だわ。けどね、私は別にお金が欲しいわけじゃないのよ。

そうなの？　あたしは言った。

会社のなにがイヤって、バカのひとつ覚えみたいに、私に〝ダム・ブロンド〟の役ばかり演《や》らせるところ。彼らはね、低俗なお色気映画を、金儲けのために飽きもせず作りつづけてる。ちょっと頭が弱い金髪女っていうステレオタイプのキャラクターを出せば、映画館にお客が入ると思ってるのよ。そしてそれを演じさせるのには、私がお誂《あつら》え向きってわけ。

へえー。あたし、マリリンはそういう役を楽しんでるんだと思ってた。ちょっとだけ観たよ、切り抜き動画で。「ダイアモンドは女の親友」って曲を歌ってるシーン。すっごく可愛かった！

マリリンは、ありがとう！　と声を弾ませると、猛烈な勢いで不満を吐き出した。

そりゃあ最初は役がもらえれば、なんでも喜んだわ。だけどあんなにステレオタイプばかり押し付けられたくない。私はもうそんなおバカさんの役、やりたくない。バカのふりをすればするほど自尊心はすり減るわ。女優って仕事はね、自分を丸ごと差し出すの。矢面に立って、世間に自分のすべてを晒《さら》す。だけど身を削っていい演技をしても、心のない重役たちに上からジャッジされる。マリリンは才能がない、いやある、使い方次第だ、なにしろいいケツをしてる！　なんて、まな板に載せられて笑い話にされる。あの人たち、私のことをまともに取り合おうともしないわ。どれだけ訴えても待遇を改善しようとしない。私が精一杯の努力をしていいお芝居しても、もっと体にピッタリ吸い付くようなドレスを着なさい、なんて偉そうに言うの。おかげで頭の弱いブロンドっていうキャラクターは、私自身みたく思われてるわ。世界中の人に誤解されて、軽く見られてるっていうのが、どれだけ傷つくことか。

凄まじい勢いで放たれた自己主張。あたしは面食らい、思わずちょっと、受話器を離した。

……この人がマリリン？　マリリン・モンローなの？

動画で見ていたマリリンはいつも笑顔で、ご機嫌で、なんにも考えてなさそうで、誰になに言われても嫌な顔ひとつしない子だった。だけどそれは文字通り〝演技〟であって、マリリン本人の意志とはまったくの別物なんだ。考えてみれば当たり前のことだけど、考えたこともなかった。考えもせず、あたしはただマリリンが見せてくれる可愛い姿を消費しまくっていただけなんだなぁと、痛いところを突かれて、ドキリとした。

あたしは慌てて、慰めモードで取り繕う。

それだけマリリンのお芝居が完璧だってことだよ。だからみんな、マリリンと役を、同一視しちゃうってことなんじゃないのかなぁ。

するとマリリンは、そうねぇ……と、なにか思い出したようだった。

以前ね、記者にこんな質問をされたの。ヘイ、マリリン、夜はなにを着て寝てるんだい？　って。私は、セクシーで、ウィットに富んだことを言う、いかにもマリリン・モンローらしいことを言ったわ。うふふ、シャネルの5番よ、ってな具合に。あれは大受けだった。

なんか聞いたことある！　その名言、かなり有名だよ！

あらそう、うれしい。だけどね、その質問に答えたあとで、なんであんな過剰なサービスしちゃったのかしらって後悔した。いつの間にかそういうキャラクターを押し付けられたと思えてきて、ムカムカもした。自己嫌悪の嵐よ。人の期待に応えて、愛想ばかりふりまいたあとで、いつもしたたか落ち込む。だって本当の私はそんな人間じゃないもの。でも、そんな本音を露わにしたら、どうなると思う？

芸能界から干される？

まあ、そんなとこね。ファンだってきっと離れていくわ。

ああ、私、本当に、くたくただったのよ、マリリンは言った。

ハリウッドに失望したマリリンは、ニューヨークへ逃亡した。いまはアクターズ・スタジオという、名門の演劇学校に通っている学生なんだとか。

え、マリリンも学生なの？　あたしもだよ、大学に入学したところ！

共通点を見つけて、思わず声が大きくなった。

本当？　あなたはなにを勉強してるの？　なにを目指しているの？

あたしは「ウッ」と答えに窮《きゅう》した。日本では、それを探すために大学に行くのですと言っておく。

そう。私は、もっともっと勉強がしたい！　演技力が欲しい！　みんな私が勉強したいなんて言うと、バカにするけどね。マリリンが本なんか読むのかって笑うの。私は知性とはかけ離れた存在なんですって。最低だわ。私は私という存在を、まじめに取り合ってもらいたいだけなのに。素晴らしい俳優になりたい。アクターズ・スタジオには、アメリカ中から俳優志望のエリートが集まってくるの。みんな本物の俳優になりたくて、ここに勉強しに来てる。だけど彼らからしたら、私みたいにハリウッド映画で頭の弱いセクシーな女を演じてる女優は、軽蔑の対象なのね。私はできるだけ目立たないように、バルキーセーターにジーンズはいて、教室の端っこに座ってたわ。そんなふうにして一年ほどが過ぎて……。

マリリンは、ちょっと芝居がかった様子で落ち込んでるふりをした。

ついにアクターズ・スタジオの舞台に立ったの！　ta-dah!《ジャジャーン！》

マリリンのお茶目な話しぶりに、あたしはケラケラ笑う。

この間ね、ユージーン・オニールの戯曲『アンナ・クリスティ』のオープニングシーンを演じたの。アクターズ・スタジオって拍手しない決まりがあるんだけど、私のお芝居が終わったときは、誰からともなく拍手が湧いたんだから。私、胸がいっぱいになった。ついに仲間として受け入れられたと思った。お芝居のあと、みんなと十番街のバーにくり出して、祝杯まであげちゃったんだから。ほんと、あれは最高の夜だった。

そっかぁ、おめでとう、よかったね、マリリン。よかったね……。

幸せそうなマリリンの声に、あたしの心もふわふわした幸福感で満たされた。あたしたちは確かに、そんな会話をした。

その証拠に、あたしはマリリンが言ってたお芝居のタイトルを憶えていて、目が覚めてすぐに、それを検索したんだから。『アンナ・クリスティ』。スマホに打ち込み、Wikipedia をタップする。ヒットしたのは一九三〇年に映画化された作品の情報だった。主演のグレタ・ガルボはスウェーデン出身の女優。サイレント期からトーキー映画の初期にかけて活躍した人で、『アンナ・クリスティ』はガルボのトーキー初出演作。

その記念すべき第一声は。

「ウィスキーをちょうだい、ジンジャーエールを添えて。ケチんないでよ」

ドアチャイムが鳴った瞬間、あたしはベッドで起き上がり、プレーリードッグみたいに首を伸ばして玄関ドアのほうを窺《うかが》った。壁付けのインターホンじゃなくて、ドアのチャイムが鳴ってる気がする。ユニクロのパジャマ姿のまま抜き足差し足でゆっくり近づき、ドアスコープを覗くと、ストライプのユニフォームを着た配達員さんがダンボール箱を手に立っていた。

え⁉　なんで？　オートロックの意味は？　寝起きでパニック。彼はあたしの気配に気づいているのか、今度はピンポンは鳴らさず、コンコンとノックした。ドアを隔てているものの、三十センチと離れていない距離に知らない男の人が立ってるのはまあまあのスリルだ。彼が不在連絡票を書きはじめたので、本当に配達だったんだとわかった。

「す、すいません。そこ置いといてください」

あたしはできるだけ低い声を出して、つっけんどんに言った。配達員さんは床にダンボール箱を置き、小首をかしげながら去って行った。

少し間を置いてから、ドアをそうっと開けて、ダンボール箱を引きずって部屋の中に入れる。それからすぐに流しで念入りに手を洗った。どこにコロナウイルスがついているかわからないから。

ＬＩＮＥを見ると、午前中指定で荷物を送ったから、ちゃんと起きてなさいよって、ママからメッセージが来てた。

ダンボール箱の中身は、お米五キロ、フリーズドライのお味噌汁、韓国海苔、袋麺、シリアル、みかんLサイズ、ミスターイトウのチョコチップクッキー、ハンドソープの詰め替えボトル、それから体温計と、消毒用ジェルのミニボトルと、不織布マスクがなんと一箱。このマスク不足に一体どうやって入手したんだろう。

四月も残りわずか。ますます、手も足も出ない状況だった。

ここにこうしているだけで家賃もかかるし、電気代もかかる。お風呂に入ればガス代も水道代もかかる。バイトしたいけど、飲食店はどこも休業中。仕事なんて見つかりそうにない。授業がはじまる様子もなく、ただ大学のサイトや、同じ大学の在学生を名乗るＳＮＳのアカウントをチェックして動向を眺めるくらいしか、外部とつながる手立てがない。

〈ニュートンの学生時代はペストが大流行していた。通っていたケンブリッジ大学も閉鎖され、彼は仕方なく故郷に帰った。しかしその時間を有意義に使い、万有引力の法則を発見したわけだ〉そんなちょっといい話をTwitterで知った。へぇーって感心した三秒後に、〈自分もコロナのあいだにFPの勉強はじめるか。在学中に取っておきたい資格は山ほどある〉みたいなことをつぶやいてる意識高い大学生のツイートを見てしまい、なんだかへこむ。

せめて一年生のうちは遊びたかったな。バイトも、タピオカ屋とかクレープ屋でしたかった。資格の勉強はじめたり、就職活動に有利になるようなボランティア活動に打ち込むのはそれからでいいと思ってた。そんな、ぼんやり描いていた楽しい大学生活の計画も、みんなコロナで台無しになった。

補償の初動が遅い政治に怒ってる人、〝おうち時間〟を充実させてる様子をアップしてる人、いろんな人がいる。学費分の授業を受けられない学生が可哀想だってつぶやいてる人もいて、そうだそうだとリツイートした。

起きる時間はどんどん後ろにずれ込んで、ついに午後五時になった。三日お風呂に入ってないとさすがに気持ち悪くて、久しぶりにバスタブにお湯をはってざぶんと浸かる。抱えた膝に顎を乗せて、水面の波の揺らぎをぼーっと見てると、やばいくらい孤独を感じてきた。呼吸を止めて鼻をつまんで、お湯の中に頭のてっぺんまで沈める。耳の穴に水圧を感じながら、どのくらい息を止めてられるか一人で競争。死んだらママが悲しむよな、なんて考えが過って顔をあげた。ハァハァと息を切らし、少し咳き込みながら顔を手で拭う。耳に水が入っちゃった。

本当は、いますぐにでも実家に帰りたい。実家だったらこの状況、たぶん全然平気。

むしろ無限に家にいられてどこにも行かなくていいなんて、天国かも。ああ、おばあちゃんが四六時中つけてるテレビの爆音が恋しい。小学生のときに大好きだった漫画を読み返したい。ママは最近、YouTubeでBTSばっか見てるらしく、あたしがいなくても充分幸せそう。「いいなー推し」と羨ましがると、「杏奈もなにか精神安定剤見つけなね」、だって。

SNSにはいつからか〝推し〟って言葉が溢れてる。みんな推しを心の支えにして、まるで自分で自分に薬を処方するみたいに、推しの活動を追ってる。あたしもあっち側の世界に行けたら幸せが待ってるのかな。だけどどのアイドルを見ても、あたしの心は石みたいに動かなかった。たくさんいる中からこれっていう存在を選べないでいた。なんでかマリリン・モンローただ一人が、ストレートに刺さってきた。

プリンセス・テレフォンのベルが鳴り出す、最初の一音でぱっと目が開いた。大きな音がジリリと響き渡り、それを一刻も早く止めたくて思い切り手を伸ばす。受話器をとり、耳に当て、たぶん絶対そうだよね、と思いながら、マリリン？　とたずねた。

あら、どうしてわかったの？

受話器から聞こえてきたのは、この間の夜と同じ、空気を含んだ優しい声だった。あたしは思わず片手で顔を覆った。すごくすごく、誰かと話したかったから。ママじゃ満たされなくて、ママ以外の誰かと、心を通わせたかった。

マリリンがまた電話くれてうれしい。

あたしは薬指で目尻の涙を拭いながら、笑顔で言った。

そんなふうに言ってくれるなんて私もうれしいわ。こんな夜中に電話とってくれる人なんて、そうそういないもの。で、あなた、どなただったかしら？

え～嘘でしょ！　ひどい憶えてないの？　あたしは大ウケした。マリリンの間《ま》のとり方とかとぼけた言い方とかが全部、天才的に面白すぎた。

あのね、マリリン、いまね、世界は新型コロナで大変なんだよ。どこでウイルスに感染するかわからないから、どこにも出ちゃいけないんだって。あたしもずっと部屋に引きこもってる。

するとマリリンは、嘘でしょ？　そんなの絶対に信じなぁーい！　とオーバーに笑った。すっごく可愛い笑い声だった。

ほんとなんだって。だからね、あたし大学生なんだけど、まだ一度も大学に行ってないの。

あら、それは気の毒だわ。だって、学生でいるって、本当に素晴らしい時間だもの。学生にとっては、すべての時間が栄養になる。あなたも充実した学生生活が送れるよう祈るわ。

ありがとうマリリン。だけどほんと、いまはお先真っ暗だな。

マリリンはしばらく黙ったあと、私になにかできることある？　とたずねた。

正直、なんにもない。だけど、せっかくマリリンがそう言ってくれたから、あたしは提案した。

ときどきこうして電話ちょうだい。まだ一人も友達できてないから、それまではマリリン、あたしの友達になってよ。

あら、そんなことでいいの？

マリリンは拍子抜けしたみたいに言った。

お安いご用だわ。

それからピンクの電話は毎晩鳴った。マリリンは電話魔なのだ。

話してみると、マリリンとあたしには共通点がけっこうある。恥ずかしがりやで、どっちかっていうと内向的だし、なにより空想家なところがそっくり。マリリンはこんな話をした。

子供の頃、グローマンズのエジプト劇場のそばに住んでたことがあるの。子供は十セントで入れるから、私は一日中そこで映画を観たわ。ミュージカル映画がとくに好きだった。道を歩きながら空想したり、お芝居ごっこもよくやったな。演じている間は、自分以外の別の人になれるでしょ？　だからお芝居が好きなのね。

あたしの空想は、それよりもっと子供じみてる。たいていは、誰かとちょっとおしゃべりできればそれで気が済んだから。ぬいぐるみに話しかけたりはしなかった？　って訊いたら、マリリンはしょんぼりした声で言った。ぬいぐるみなんか持ってなかったもの。

マリリンのお母さんもシングルマザーだ。あたしが、いましゃべってるこのプリンセス・テレフォン、うちのママのなんだよと言うと、マリリンは〝白いピアノ〟の話をしてくれた。

たった一年だけ、マリリンがお母さんと一緒に住んだおうちは、なにもかも真っ白だったそうだ。建物は白いバンガロー、白い壁紙、中古で手に入れた白い家具、それから白い漆塗りのグランドピアノ。先細った脚に真鍮のキャスターがついている。二十世紀初頭に作られたものなのよ、とマリリンは言った。映画スター、フレドリック・マーチが所有していたという由来があるのと自慢げに言われても、全然ピンとこなかったけど。マリリンのお母さんは、マリリンがピアノのレッスンを受けられるよう、レッスン代も出してくれたそうだ。

だけどその白いグランドピアノ、一度手放してしまったの。母がすぐに精神科病院に入って、私が孤児院に預けられたとき、所持品はすべて持ち去られてしまったから。大人になってモデルの仕事をはじめてから、あのフレドリック・マーチの白いピアノを探したわ。見つけるのに一年かかったけど、どうにか買い戻した。

へぇー！　大きく相槌を打ったところで、回線がプツンと途切れてしまった。

あたしは起きてすぐ、マリリンが言っていたピアノについてググった。マリリンの白いグランドピアノは一九九〇年代にオークションに出されて、いまはマライア・キャリーが所有しているそうだ。マライアはこう言ってる。「マリリンの遺品がオークションにかけられないでほしいわ。誰かが全部買い取って、ミュージアムに納めるべきよ。私はこのピアノを大切にする。そして最後はしかるべきミュージアムに寄贈するつもり」

次の電話では、マリリンの代表作の話をした。あたしがマリリンの映画を一本も観たことがないと言うと、そっか、私って後世に残るような役者にはなれなかったのね、とマリリンは嘆いた。

いや、有名だと思うよ。あたしあのシーン知ってる！　地下鉄の換気口のところで、風でスカートがふわってなるやつ。

白いホルターネック・ドレスを纏《まと》ったマリリン。アコーディオン・プリーツのスカートが、台風でひっくり返った傘みたいに、大げさにめくれるあの名場面。

待って、それだけなの？　二十一世紀になったら私の存在意義って、あの映画でしか残ってないの？『七年目の浮気』だけ？　そんなの嘘でしょ⁉

マリリンはひどくがっかりしているみたいだったから、とてもじゃないけど、映画自体はもうそんなに観られていなくて、あのシーンだけがミーム化してるとは言えなかった。

ためしに、マリリン、モンロー、スカート、で検索すると、例のシーンに関連した無数の画像がヒットして、それはガチでドン引きするくらい、ひどい絵面《えづら》だった。金髪ウィッグと白いホルターネックドレスがセットになったコスプレ衣装の商品写真、いやらしい表情とお尻の再現に命かけましたって感じの精巧なフィギュア、芸術家が作った高さ八メートルの巨像作品『フォーエバー・マリリン』なんてものまであった。それは街のランドマークになってるらしいけど、後ろから見るとパンツが丸見え。中国にも『フォーエバー・マリリン』が作られたけど、六ヶ月ほどで撤去されて、いまはゴミ捨て場に転がっているそうだ。打ち棄てられた傷だらけの巨大マリリンの写真が、おもしろニュースサイトでまとめられてた。

こういう画像を見ていると、だんだんマリリンが訴えていた気持ちが理解できてきた。これは酷いよ。まじめに取り合ってほしいと願い、素晴らしい俳優になろうと努力しているマリリンが、死んだあともこんなふうに、慰《なぐさ》み者みたいに扱われてるだなんて。ここまで好き勝手に弄《もてあそ》ばれてるなんて、敬意がないなんて。

あたしは言った。『七年目の浮気』、今度観とくね。

ううん、別にいいわよ。あんな映画、スケベなおじさんしか喜ばないもの。あたしの自信作は『バス停留所』とか『アスファルト・ジャングル』なんだけどな。

あーごめん、どっちも知らないや。

〝ステイホーム〟というふんわりキャッチコピーで、ゴールデンウィークが明けるまでの二週間は、とくに外出を控えろとお達しが出る。体内時計はもう完全におかしくなってて、このごろは明け方まで目が冴えてる。そして一度眠るとバカみたいに十時間くらい惰眠を貪《むさぼ》ってしまう。起きた瞬間から自己嫌悪の嵐。

眠れないの。マリリンは言った。

マリリンはいつの間にか、ニューヨークからロンドンに移動している。人生三度目の結婚をして、相手の男性とハネムーンを兼ねて渡英し、新作映画の撮影中だという。

ロンドンってどんなところ？

わからないわ。マリリンは即答した。

街に出たら人に囲まれちゃうから。毎日、撮影所とコテージを車で往復してるだけよ。景色はそうね、いいわ。コテージも素敵なの、お庭もあって。ああ、だけど記者が植え込みに隠れているかもしれないから、そんなに気軽に出られない。カーテンの隙間から眺めているだけね。

そっか、スターは大変だ。

だけど、あたしだっていまは限りなくそれに近い生活を送ってる。できるだけ外に出ず、カーテンの隙間から街の様子を窺う暮らし。東京はどんなところ？　と訊かれても、きっと「わからないわ」と答える。

マリリンは撮影中の新作映画『王子と踊子』の監督ローレンス・オリヴィエと、ひどく相性が悪いのだと愚痴った。

みんな彼を天才って言うけど……とっても怖いのよ。

ただでさえ舞台恐怖症の気《け》があるうえ、昔から怒鳴られると、〝どもってしまう〟のだそう。マリリン、モラハラの概念がない時代に、その性格でよく女優やってたなぁと、あたしは気の毒に思った。一体どれだけつらい目に遭ったんだろうか。

マリリンは気落ちした声でつづけた。

天才監督なら、魔法みたいに素晴らしい演技を引き出してくれるんじゃないかと思ったの。けど、とんだ期待はずれだった。びっくりするほど雑な指示を出すんだから。私に向かって、もっとセクシーに、ですって。それってローマ法王に向かって、もっと信心深く！　って言ってるようなものよ。私、言い返してやったんだから。もともとセクシーよ！　って。

あたしは思わず声をあげて笑った。すごい！　マリリン強い！

私、天才って聞くと、なんでもできる神様みたいな人だと思っちゃうの。けど、実際は全然そんなことない。アーサーだって——アーサーっていうのは夫なんだけど——天才劇作家なんて言われてるけど、彼だって結局はただの男だったわ。

なんの慰めにもならないかもしれないけど、と前置きして、あたしは言った。

そのローレンス・オリヴィエって人も、アーサー・ミラーって人も、あたしは名前すら聞いたことないし、なにしてた人かも知らないよ。だけどマリリン・モンローのことは知ってた！　マリリンから電話がかかる前から、顔と名前は一致してたんだよ。

それってすごいことじゃない？

マリリンは「そうね」とうれしそうに、ちょっとだけ笑った。

だけど、なぜかしら？　どうしてかしら？

あ、と思った。

なぜならマリリンは、三十六歳で死んじゃうから。その死がとても、悲劇的だったから。

口ごもるあたしをよそに、マリリンは独り言みたいにぼそぼそとこぼした。

映画会社から逃げて自分のプロダクションを作って、せっかく『王子と踊子』の映画化権を取得したけど、脚本を開いてみると、またかと思う役だった。無邪気なおバカさん。私はそれを一生懸命、演じてる。

マリリンは、なんだかちょっと、病んでる感じがした。うちのママもずっと心療内科に通って薬飲んでたから、あたしはそういうのに敏感なんだ。こういうモードのときは、「大丈夫？」なんて絶対訊いちゃいけない。全然大丈夫じゃないもの。こういうときは、ただただ聞き役に徹するしかない。あなたの話を聞いてるよって、態度で示すしかない。

マリリンは疲れた様子で言った。

毎日カメラの前に立って、なんにもものを知らない女のふりをするの。三度も結婚している、三十歳の女なのにね。バカに見えれば見えるほど、男たちは喜ぶのよ。

次の電話でも、マリリンは眠れないと言っていた。しょうがないからネンブタールを飲むわと。

ネンブタールってなに？

睡眠薬よ。

え、待って、マリリンってたしか……。

慌ててWikipediaを開いた。マリリンは、一九六二年八月五日に死ぬ。死因は睡眠薬の大量服用による急性バルビタール中毒。自死かもしれないし、事故死かもしれない。他殺説なんてのもあった。いずれにせよマリリンは、睡眠薬を飲みすぎて死ぬ。

マリリン、たんま！

あたしは思わず、生まれてはじめて「たんま」なんて言葉を口にした。そんな語彙が自分のなかにあったのかと驚きながら。

睡眠薬はどうかな……胃が荒れるんじゃないかなぁ。

あたしはとぼけて、下手な芝居を打つ。マリリンは、泥酔したうちのママを思わせるやけっぱちな態度で、あたしに食ってかかってきた。

胃なんかとっくに荒れてるわよ！　それより私は眠りたいの！　眠りたいの、眠りたいの……。

ちょっと待ってね。こういうときはGoogle先生。眠れないとき、どうする、睡眠薬、代用。ねえマリリン、癒し効果のある音楽を聴いてみたら？　川のせせらぎとか、鳥のさえずりとか。

そんなものどうやって聴くのよ。いまから川に行けってこと？　真夜中よ。鳥たちは眠ってるわ。

そっか、YouTubeないから作業用ＢＧＭとか聴けないんだ。

波の音も効果的だって。

海は遠いわ。

じゃあ雨の音！

降ってない。

じゃあ、ホットミルク！　就寝前に温かい飲み物を飲むと、交感神経が休まってスムーズに眠りにつくことができます、だって。

ホットミルクで眠れるのは、せいぜい八つか九つまでじゃない？

その通りです……。じゃあツボ押してみよう！　快眠ツボ。百会《ひゃくえ》は頭頂部にあるツボだって。不安や緊張を和らげる効果アリ。マリリン、頭頂部ちょっと押してみて！

……押したわ。

眠くなった？

なるわけないじゃない！

マリリンはちょっぴり笑いまじりに言った。

はぁーあ、私、夜って大嫌い。眠れない夜ほど、孤独を感じることはないもの。だから話し相手が欲しくて、手当り次第に電話をかけちゃう。不眠症っていやね。睡眠薬で無理やり眠って、撮影がある日は興奮剤を飲んで、今度は無理やり起き上がるの。そんなの体にいいわけないよ。

仕方ないの。

なにかあたしにできることない？

ないわ、マリリンは言った。

時々こうして、話し相手になってくれるだけで充分よ。

## オンライン授業の日々

ゴールデンウィーク後から講義はすべてＺｏｏｍでやることになりましたとメールが届く。Ｚｏｏｍってなんだ？　とりあえず履修登録して授業に出る。ノートＰＣの画面で先生が喋ってるとこを見てるだけだから、パジャマのまま手元のスマホでぽちぽち遊んで一日が終わる。五月末に緊急事態宣言が解除。でも講義はこのままオンラインでいくって話で、いつになったら学生っぽい生活ができるのーってＳＮＳでみんな嘆いてた。授業をみっちり入れたせいで毎日の予定はけっこう埋まってる。部屋で一人、ノートPCの画面に映る教授のアップを見続ける人生。レポートに手こずってるうちに、もう前期授業が終わっちゃった。

感染者数が爆増してるので夏休みは実家に帰らないことにした。代わりにオンラインの家庭教師のアルバイトに登録して、小学校高学年の男子相手に英語を教えた。アップルの発音はあぽぅだよって言っただけで転げ回って笑うんでほんと疲れる。夏らしいことをひとつもせず、九月半ばに後期授業がスタート。もちろんオンライン。英語の授業でスピーキングの練習をしましょうと、Ｚｏｏｍのブレイクアウトルームが設定されて、ランダムに組まされた相手と一対一で話したのは新鮮だった。

「こんにちは、はじめまして」

「はじめまして。瀬戸杏奈です」

「……です」

やば、名前聞き取れなかった。けど訊き返すのも失礼かなと遠慮してるうちに、じゃあテキストの例文つかって会話しましょーってなる。ぎこちなく、お互い照れながら、画面越しに英語で会話した。すごく発音が上手な子だった。そのうち無駄話になって、コロナの愚痴みたいになった。留学するつもりだったのに行けなくなって、人生計画がめちゃくちゃだと彼女は嘆いた。

「留学？　すごいね。どこの国に行こうとしてたの？」

その子は少し考えて、

「Anywhere but Japan.」と言った。

あたしはちょっとふざけ気味に、「Pardon?」って訊き返す。

「日本以外ならどこでもいい」

「あーわかる〜」

お互い笑い合った。それが、一年目の大学生活でいちばん楽しかった瞬間。それっきりその子とは一緒にならなかった。


二〇二一年春。ほんの二週間だけ対面授業があったと思ったら、また緊急事態宣言が出た。ワクチン接種は高齢者からスタート。デルタ株がじわじわ広まり、だけど夏、東京オリンピックだけはつつがなく開催される。

今度の緊急事態宣言はいつまで経っても解除されなくて、さすがにどうにかなりそうだった。起きてると電気代がかかるしお腹が空くから、とにかくたくさん眠るようにした。眠れなくてもお布団の中で目を閉じてれば暇は潰れるから。そのうち潮が引くように感染者数が減って、緊急事態宣言も九月の終わりには解除された。

秋、あたしはワクチン接種会場の入口に立つ。

ワクチン接種券をお持ちの方はこちらへどうぞ、と書かれたプラカードを掲げながら、「ワクチン接種券をお持ちの方はこちらへどうぞ」とときどき言葉を発する。仕事はそれだけ。あたし自身はまだワクチンを打ててない。住民票のある実家にワクチン接種票が届いちゃって、ママがＬＩＮＥで「ガーン」って言ってきた。

「いやでもさ、あの混乱した状況で引っ越しした学生、いちいち住民票なんて移してないでしょ？　政府もほんと気が利かない」

ママはこのところ政治にまじでイラついてる。母子家庭の学費無償化の申請にトチってからはとくに恨みがすごい。絶対わざと申請しにくくしてるよね、融通が利かない、ほんと底意地の悪い国ってキレてた。あたしも、コロナ以降は日本の政治家みんな無能って思ってる。ＳＮＳには海外のちゃんとした政治家の動画がいっぱい流れてきてたから。自分たちの国の政治家とはレベルが違いすぎてショックだった。この国終わってんなって軽蔑の心しかない。

ワクチン接種会場の仕事は楽だ。通り過ぎていく人たちの顔かたちをぼんやり観察するくらいしかやることがない。ふと、中年くらいの男の人が遠巻きに立ち止まり、おもむろにスマホのレンズをこちらに向けて一枚撮っていった。

「えっ」

同じくプラカードを掲げて入口に立つバイトの人と、顔を見合わせて首を傾げる。

「なんだったんだろう」

「ほんとですね」あたしは言った。

「こんなとこ撮ってどうするつもりだろうね」

「ほんとですね」

「ＳＮＳとかに上げるならちゃんと顔消してほしいんだけど」

「ほんとそれですね」

同じことしか言わないあたしをかすかに睨み、その人はかったるそうに持ち場に戻って行った。

「ああ……」

またしくじった。

あたしは人見知りだし、若干コミュ障も入ってる。「そうですね」「ほんとですね」は自分的にだいぶ友好の相槌なんだけど、こうやって誤解を生んでしまう。もう嫌われてしまった。

でもいいんだ。このバイトはいろんな派遣会社が間に入って人員をかき集めるので、初対面の人と一緒になることが多い。あらゆる派遣会社から人がどんどん送り込まれて、細分化された業務に当たる。派遣されてくる人材の年齢はまちまちだけど、タイプはどことなく似ていた。大人しそうで、善良そうで、言われたことはすごく真面目にやる。ちょっと従順すぎるくらい。特別なスキルとかはなくて、ほかになにもできなそうな人々。あたしもそのなかに溶け込んで自分を消した。どうせ期間限定のバイトだから気が楽。性に合ってる。

あたしも再びプラカードを掲げた。きょろきょろしている人がいれば「ワクチン接種券をお持ちの方はこちらへどうぞ」と声を出して案内する。本当にそれしか口にせず、一日が終わっていくこともあった。

暇なバイトだ。体感時間は果てしなく長い。でも時給はすごくいい。よすぎてほかのバイトをしてみようという意欲が起こらなくて困るくらい。けど、より時給が低くて体力的にはるかにキツい飲食バイトに今さら切り替える気にもなれない。あたしはワクチン接種会場バイトの沼にずぶずぶとはまって抜け出せない。大学二年生の日々がこんな所で終わっていく。


バイトで外へ出て街を歩いているときに、マリリンと遭遇することが時々あった。すれ違う人が着ているTシャツのプリントに。店先に出された回転式のカードラックで売られるポストカードに。それから交差点で信号待ちしているとき、ふと見上げたビルの看板広告に。

あれっきり電話はかかってこなかった。プリンセス・テレフォンの受話器を耳に当てても、宇宙みたいに無音。だけどマリリンはいまも世界中の至るところにいて、不意に目が合い、さみしげなその瞳は、あたしにこう訴えかけてきた。

どうか私を、冗談あつかいしないで——。

あたしはそのたび、胸が締め付けられる。広告が提示するイメージが、あたしの知ってるマリリンとあまりに違いすぎて。優しい声で冗談を飛ばして、よく笑い、意見を率直に口にする、聡明なマリリン。マリリンが死んだのが一九六二年だから、今年で死後六十年。六十年ものあいだマリリンは、世界中の人に誤解されつづけている。だけどあたしは知ってるよ。マリリンが努力家で、向上心にあふれた、見かけとは全然違う一面のある、素敵な女性だってこと。

あたしは街でマリリンと遭遇するたび、友達とばったり再会したような気持ちになった。永遠に報われないわが友マリリン。孤独を分かち合えた、ただひとりの女性。あたしは手のひらを口元に押し当て、マスクの中でふぅっと息を吹きかけて、彼女に投げキッスする。

マリリン大好き、お願い幸せになってと、叶えられない祈りを込めて。

ジェンダー社会論演習Ⅳ　松島ゼミ

瀬戸杏奈の通う大学は都心からずいぶんと離れ、最寄り駅からさらにシャトルバスで二十分も揺られてようやくたどり着く丘陵地帯にあった。

学生たちはバスから降りるとぞろぞろ歩き、コスモタワーという名のビルに吸い込まれ、エレベーターホールに大行列を作る。大小の教室、ホールや教務課やキャリアサポートセンター、カフェテリアに図書館、大学博物館、教授たちの研究室のすべてがコスモタワーの中に揃い、学生の多くは一歩も外へ出ないまま一日を過ごし、夕方になるとまたシャトルバスに乗り込んで駅へ帰った。その顔ぶれは一年ごとに着々と入れ替わって、数年でリセットされる。毎年なんの代わり映えもなく、同じ営みが繰り返されているように見えた。

ところが新型コロナウイルスが流行しはじめた二〇二〇年、キャンパスは突如、閉鎖となった。

春先は例年、大変な混雑になる。もしこのビルの中でクラスターが起きて大学の名前がニュースに出れば、ただでさえ定員割れも多い少子化のこの時代、計り知れない大打撃だ。教職員たちは緊急会議を重ね、当面の授業は取り止めという措置が取られることになった。

一斉休校の間、教務課はフル稼働で各所を調整し、手探りでオンライン授業の体制が整えられていく。必修科目や一般教養など、講義形式の授業はオンラインのみの受講でも出席扱いとし、単位が認められることになった。昼間のがらんとしたコスモタワーの教室に講師や准教授がやって来て、誰もいない大教室でぽつんとカメラに向かって授業を行い、学生たちはおのおの自宅でパソコンからそれを眺めた。そうして一年が経ち、二年が経った。

コロナ禍がはじまって、早や三年目、二〇二二年秋。


時間きっかりになると、パソコンのＺｏｏｍ画面がパチリと明るくなる。アドベントカレンダーの小窓が開くように黒い待機画面が次々と点き、一人また一人と顔が現れて人数が揃っていく。蛍光灯に照らされて灰色にくすんだ顔、フィルターで淡く補正された顔、バーチャル背景に浮かんだ顔。二十歳過ぎの若者たちのむき出しの顔の中に、大人の女が二人紛れ込んでいて、そのうち一人がこの松島ゼミの担当教員、松《まつ》島瑛子《しまえいこ》だった。

こざっぱりと後ろで髪を結びボストン型のメガネをかけ、ブルーのストライプシャツを着ている。白いＫＦ94マスクで顔の下半分をすっぽり覆いながら、一、二、三、四、五、六、七、八、九……画面上の学生たちをぶつぶつ言いながら数えると、

「一人足りない」

顔を上げて狭い教室を見回した。

長机がロの字形に組まれているせいで真ん中にぽっかりと空間が余り、学生たちは壁に押し付けられる格好で窮屈そうに座る。詰めれば十二人は座れるところ、一席ずつディスタンスを空けて四人の学生が静かに腰掛けていた。

「瀬戸さんがいないのか。誰か連絡もらってない？」

松島瑛子に訊かれ、四人は顔を見合わせて首を横にふる。

ゼミ長の伊東莉子《いとうりこ》が机に出しているスマホをタップし、「ちょっと遅れますって来てました」、グループＬＩＮＥに届いていた通知を読み上げた。

「じゃあはじめてましょうか」

「はい。これよりジェンダー社会論演習Ⅳ、松島ゼミをはじめます。よろしくお願いします」

伊東莉子が棒読みで音頭を取った。

「お願いします」

画面の学生たちが一斉に頭を下げる。

松島ゼミは金曜、二限、八〇二教室で行われる。少人数制の演習形式、三年と四年合同のゼミであり、卒論に向けてそれぞれがテーマを見つけ掘り下げていく。

本来ならゼミは、行事が目白押しのはずだった。松島瑛子が二十年ほど前に学んだ大学の名物ゼミでは、毎月のようになにかしらゼミ関係の予定が入っていた。新歓コンパにはじまり、教授が個人的に招喚した講師の講演会やゼミ合宿、ゼミ旅行、果ては海外研修など、お金もかかったが思い出もずいぶん作らせてもらった。手配はすべて学生に任されるから、まるで自分たちが先生役と生徒役の両方をやっているような楽しさがあり、やりがいもあった。しかしコロナ禍では当然、飲み会すら開くことはできない。

なにしろ少人数の学生相手に〝密〟で行われる授業形態である。ゼミからコロナ感染者を出したり、ましてクラスターを起こしたりしないようにするため、安全第一の運営が求められた。完全にオンラインのみに切り替えたゼミもあるようだが、受講生が十人いる松島ゼミでは、五人ずつ二つの班に分かれ、交互に対面授業とオンライン授業を受けるハイブリッド形式が取られることとなった。つまり、こうしてリアルで顔を合わせるのは隔週。対面授業の人もノートパソコンは持参して、Ｚｏｏｍの画面上だけでも全員が揃うよう配慮している。

そこまで気を遣っているのは、松島ゼミが今年新設された演習〝Ⅳ〟だからかもしれない。感染者を出さず学生の満足度も高い授業を目指して、春学期はかすかな緊張感のもと開講し、無事に学期を終えた。学生たちはこの形式にすぐ順応し、秋学期も中盤のいまや、誰もなんの疑問も抱かず、このハイブリッド型授業に臨んでいる。

出欠確認だけは担当教員の仕事だが、あとのことはゼミ長に任されていて、

「今日の司会は誰ですか」

伊東莉子は、まるで自分も松島瑛子と同じ准教授の肩書きを持っているような態度で仕切った。

「はい」

さっと手を挙げた四年生の藤波葉月《ふじなみはづき》は、白シャツに伝統校風のネクタイを締め、チャコールグレーのプリーツスカートというコーディネート。「**なぜ女子は高校を卒業したあとも制服を着続けたいか**」というのが彼女の卒論テーマだ。女友達とお揃いの制服姿でディズニーリゾートへ遊びに行く〝制服ディズニー〟を入口に、高校卒業後も制服を着たがる女子の心理を掘り下げつつ、彼女たちが社会から受けている視線を考察しているという。こうしてときどき制服風のコーデで現れるのも、フィールドワ

ークの一環という。

藤波葉月はつつつつーっと前に進み出て、ひかがみを顕《あらわ》にしながら、ホワイトボードにインクのかすれた黒いマーカーで本のタイトルや章題といった情報を書き込んでいった。


『いのちの女たちへ　とり乱しウーマン・リブ論』

田中美津・著

Ⅰ　リブとはなにか
1　寝起きのホステスなぜ悪い
2　「男らしさ」が生産性を支える
3　わかってもらおうと思うは乞食の心

「本日の討論はサブテキスト、『いのちの女たちへ　とり乱しウーマン・リブ論』をテーマに行います」

ペンのキャップを閉め、ホワイトボードの横に立つと、話しやすくするためグレーのウレタンマスクを少しつまんで浮かせながら話した。

「著者の田中美津はウーマンリブ運動の代表的人物で、本日は〝Ⅰ　リブとはなにか〟を事前に読み、予習課題のレポートを各自提出しているのを前提に、A班で討論を行いたいと思います。まずこの本の概要を説明します。初版は一九七二年。本文中にも引用されている文章『便所からの解放』は一九七〇年に、女性だけで行われた反戦デモで配られたビラが初出ですが、これがそのまま日本のウーマンリブのマニフェストになったともいわれています。えっと、先生からなにか補足ありますか?」

松島瑛子は教室にいる四人ではなく、Ｚｏｏｍ画面に向かって話しかけた。

「Ａ班は予習課題、全員提出済みでした。今日はオンラインのＢ班で未提出の人が二人いますね。文献だけ読んで来ても予習課題が出ていないと評価つかないですから。読書メモ程度でも出さないよりマシなので、レポートの形にしてちゃんと前日までに提出するように」

心当たりのある何人かがＺｏｏｍ画面の中で小さく頭を下げる。

「私からは以上です」

席に戻った藤波葉月がさっそく討論を進行する。

「感想や疑問点などある人、挙手をお願いします」

手縫いの布マスクをつけた志波田《しばた》恭子《きょうこ》は、誰も手を挙げないのを窺い、

「それじゃあ私から……」

おずおず遠慮がちに右手を挙げた。

社会人枠で入学した学生で、二十代の娘がいるといい、厚みと丸みを帯びた肩にカーディガンを羽織る。彼女の卒論テーマは、「**丁寧な暮らしと女たちの保守化～メデ**

**ィアにおける母という自己実現の提示〜**」。自身が子育てに追われていた二〇〇〇年代、〝丁寧な暮らし〟という言葉で提示される素敵なライフスタイルに、女は主婦でいいのだと肯定される一方、おしゃれな暮らしを実現できない自分に負い目を感じ苦しかったという。その実体験を踏まえ、当時の雑誌を分析することで、団塊ジュニア世代の女性たちが、不況が長期化する日本社会から追い出され、家庭回帰の思想を植え付けられていった因果関係を探るというもの。

「志波田さんどうぞ」

司会に指され、志波田恭子はレポート用紙を乾いた親指でくしゃりとめくった。鋭い発言をすることもあるが、なにしろ仕草や挙動がおばさんじみていちいちもたつくので、A班唯一の男子である新木流星《あらきりゅうせい》は彼女がなにか言うたびプスッとふきだし、バカにした笑いを滲ませずにはいられない。そして女子たちもそれに釣られているていで、同調する笑いを浮かべずにはいられなかった。

「はい、えぇっと、あのぉー」

志波田恭子は老眼鏡をさっとかけてレポート用紙のメモに目を走らせ、やや低くもったりした声で喋りはじめる。

「この本って、女性学が大学で研究されるようになる前に、女性たちが手探りで集まって、横の繋がりを作っていた頃に書かれたものですよね。それなのに全然古びてなくて、明快な分析をしてるんで驚きました。たとえば〈女らしさ〉の指摘ですが、

〝お嫁に行けなくなりますよ〟って言葉は私の時代でも普通につかわれていて、当時は差別とも思わず、当たり前に受け取ってました。あのころは自分が差別されているなんて夢にも思っていなくて。なんでなんだろうと思いました。私が生まれる前に、もうこのことがわかっていたのに、どうしてなんにも変わらないままだったんだろうって。それでちょっと思ったのが、当事者が常に期間限定なんですよね。これってすごく子育てとも似ていることなんですけど」

さっきまで彼女を笑っていた全員が、まじめな顔で耳を傾ける。

「子育てに追われているときは、社会が子育てのことを軽視しているとか、主婦の立場が低くて弱いとか、そういうことに敏感で、すごく問題意識が生まれるんです。だけど子供ってある程度まで育つと楽になるから、親としての当事者を卒業して、だんだん考えなくなってしまうんです。それだけじゃなくて、子育てのことで声をあげている人を見ると、あーらアナタまだそこにいるのね、若いわね、お疲れさま、そのうち楽になるからね、なんて先輩ぶって、どんどん他人事になってしまう。せっかく得た知恵や思考が継承されず、問題も解決しないまま、メンバーだけが世代交代してどんどん入れ替わって、また一から出直しになってしまう構造があって」

松島瑛子が小さくうなずいている。

「同じようなことは〈女〉の当事者でも言えますよね。だから一九七〇年代前半の時点で、著者は〝お嫁に行けなくなりますよ〟の決まり文句のなかに、〝女は女らしくしてろ〟という女性差別のロジックが潜んでいることを見抜いてますが、ＳＮＳなんかない、ビラの時代ですから、その警鐘はごくごく一部の仲間たちに共有されただけで、下の世代の普通の人には届かなかったし、社会も変わらなかった。フェミニズムのそういう構造的な問題点を感じました」

まだ誰からも手が挙がらない。志波田恭子はさらに発言を続ける。

「それから、本のタイトルにもある〈とり乱し〉ってなんのことかしらと首を傾げながら読んだんですが、例えば著者は、あぐらをかいて座っていたのに、好きな男の人が来たら正座に座り直してしまった、という経験談を書いていて。彼女はリブで、女性が〈女らしさ〉を無意識に植え付けられて育つこの社会を否定したいのに、一方で、好きな男の人に振り向いてもらうには、女らしくすることが有効な手だとも知っているから、そういう場面では思わず〈女らしさ〉に迎合してしまうんですね。たしかに矛盾だらけだけど、そういう自己矛盾に動揺したりしながら、だけどその矛盾も丸ごと肯定して、受け入れて、向き合っていこうという姿勢なんだと思いました」

「はい」

志波田恭子の発言を受けて、伊東莉子が手を挙げた。

不織布のプリーツ形白マスクより肌のほうが白いんじゃないかというくらい色白で、髪も天然でこげ茶なうえ、いつも消え入りそうに淡い色合いの服を着ている。卒論のテーマは「**萌え絵ジャパン〜萌え絵師の系譜とその社会受容〜**」。企業や自治体が萌え絵をはじめ性的な女性のイラストをポスターなどに起用するたびにネットを炎上させる、〝悪い〟フェミニストたちへの反論を展開するという。

伊東さん、どうぞ。

「自己矛盾を肯定する姿勢っていうのは支持しますが、なんかちょっとこの著者の書き方、好戦的っていうか、敵も多そうじゃないですか？　とくに主婦とホステスへの差別意識がどうなんだろうって。〝寝起きのホステスなぜ悪い〟って章タイトルも、その言い方ぁ〜って感じ。なんで最初からホステスのことそんなに見下してるんだろうって、だいぶ疑問でした」

「はい！」

志波田さん、どうぞ。

「たしかにホステスさんへの意識はいまと違いますよね。この本は書かれたのが半世紀も前で、当時は水商売の女性への偏見や差別意識はだいぶ露骨だったと思います。この時代の女性にとってホステスって、夫を奪う悪者なんです。誰か一人の男に飼われているわけじゃないから、自由で、いつ自分の夫を奪うかも知れない。脅威なんです。けどそれだって男が女を、母性か便所かの二種類に分断してるからだっていう、そういうこともこの本に書いてありましたよね。えーっと……私が持ってる版だと十二ページの真ん中に、〝男を間に互いに切り裂きあってきた〟っていう一文があって」

ちょっといい？

松島瑛子が静かに切り出した。

「いまの、母性か〝便所〟かの二種類ってところ、理解できてる？　よくわからないなら質問しないと」

Ｚｏｏｍ画面のＢ班から、説明お願いしますとチャットが入った。それを受けて志波田恭子が補足する。

「本の中にパンフレット『便所からの解放』よりって引用が出てきますよね。男にとって女は母性のやさしさ＝母か、性欲処理機＝便所かっていう。ざっくり言うと男がその二つを別々の女性に求めることで、女を分断しているんですね。ちなみに『便所からの解放』で検索してトップに来たのが、上野千鶴子さんが国際基督教大学で行ったと思われる講演の書き起こしでした。そこからいくつか補足すると、学生運動が盛んだった時代、その活動を一緒にしている仲間であるはずの男子が、性的に活発な女子のことを陰で〝公衆便所〟と呼んでいたそうなんです」

Ｚｏｏｍ画面の女子たちが一斉に顔をしかめる。

「この呼び方自体は、旧日本軍の軍隊用語から来ているそうなんですが、とにかく一緒に学生運動をしていた男子学生が、実は自分たち女子を〝公衆便所〟と呼んで、性欲の処理をする対象としてしか見ていなかったことに失望して、怒って、そこからこういった女性たちの連帯がはじまり、それがウーマンリブに、さらに女性学へと繋がったそうです」

ちょうどそこへ、換気のために開きっぱなしになっているドアから、すーっと女子学生が一人、八〇二教室に入ってきた。

瀬戸杏奈だ。

「すみません……」

ぺこりと頭を下げ、入口そばの空いている席に滑り込むように着席した。

話の腰を折られた格好になった志波田恭子は、気を取り直して続ける。

「話を戻すと、ホステスさんへの差別意識に関しては、いまとは感覚が違うから、そこも汲んで読んであげるべきじゃないでしょうか。この著者の主婦観にも言えることですが、この時代はたぶんほとんどの女性が当たり前のように結婚して専業主婦になってるんですよ。それも、親や親戚が持ってきた縁談で結婚してるんです。あのぅ、予習課題のレポートに添付したデータがあるんで、みなさんに見ていただいてもいいですか？」

投げかけられた松島瑛子が、

「はい。こっちで画面共有しますね、ちょっとお待ちください」と、資料を表示した。

志波田恭子が続ける。

「国立社会保障・人口問題研究所のサイトにあったデータです。『結婚年次別にみた、恋愛結婚・見合い結婚構成の推移』というグラフによると、ちょうど一九六五〜七〇年のあいだで、恋愛結婚がお見合い結婚を上回っていくんですが、これは戦後に生まれた人が婚姻適齢になったタイミングとも重なります。戦後生まれは民主主義教育を受けて育ってますから、結婚観もリベラルというか、個人主義だったことが理由なのかと思うんですが、当時は結婚する男女の半数が恋愛、半数がお見合いだったということです。最近は婚活が一般的になっているので、結婚は自分でがんばって、主体的に勝ち取るもの、っていうふうに認識が変わってきていますよね。だけどこの著者が本のなかで指摘してる主婦は、そうじゃないんですよ。ただ周りのお膳立てに乗っかって、流されて生きてる女性たちを指してるんじゃないでしょうか」

「はーい」

伊東さん、どうぞ。

「流されて生きてちゃダメなんですか？　なんかこの著者、自分と意見の違う人のことを華麗にスルーし過ぎっていうか。たとえばベストセラー本からの引用で、〝無能であることは楽なのだ、楽な道を選んでなぜいけない〟ってあるじゃないですか。楽な道を選ぶのも、周りにお膳立てされて流されて生きるのも、別に全然いいじゃんっていうか、なんでダメって思ってるのかほんと意味わかんないんですけど」

討論はこの二人が小競り合いのように意見を言い合う、いつものパターンに嵌《はま》っていった。伊東莉子が続ける。

「妻として母として昔ながらに生きる道を賛美してるのって、なんにも悪いことだとは思わないんですけど。実際そこを著者が否定してる部分が雑っていうか薄いっていうか、バカにしてるの見え見えだし」

あのねぇそれはねえ……。

志波田恭子が呆れた声を漏らしながらなにか言いたそうにするが、伊東莉子は入る隙を与えず更に捲《まく》し立てた。

「あと新聞に載ってたアンケートに対しても雑な処理してますよね。女子高生の三分の二が就職を腰掛けと考えてて家庭志向が強いっていうアンケート結果なのに、それも強引にスルーしてるように読めたし。そのあとの、女の人の意識が低いせいで管理職になりたがろうとする女性がいなくて会社が困ってるっていう新聞記事もスルーしてて。世間の大多数は自分と違う意見なのに、それにちゃんと向き合わないで自分の正しさばっかり主張して、一般の女性を低く見て、全然相手にしてない感じしました。そこも、ホステスと主婦に対する上から目線とまったく同じって感じ。超独善的」

熱くなっている伊東莉子にかすかな笑いが起き、新木流星が司会に断りなく通る声でこう述べた。

「この本そもそもTwitterっぽいっすよね。三万人くらいフォロワーがいるツイフェミの文章って感じ」

などと茶化し、Ｚｏｏｍ画面の中でも笑いが起こっている。

司会の藤波葉月が自ら挙手し、ちょっといいですか？　と発言する。

「さっき伊東さんが言ってた、著者は世間の声を自分の意見と違うから雑にスルーしてるって指摘ですが、違うと思います。〈歴史性〉って言葉が何度も出てきますよね。例えば、〝そのような構造の中でしか女が生かされてこなかった歴史の結果としてそうなのであって、女の「生れつき」などでは断じてない〟とか。もういっこありました。〝男に評価されることが、一番の誇りになってしまっている女のその歴史性〟とか。女性が〈女らしさ〉を植え付けられて育っているっていう歴史が延々と続いている中で、女らしく育った女性たちが、女らしいことを言ってるだけなんだっていう、そういうことを指摘してるわけで、私はすごく的確なロジックだと思いましたけど」

「はい！」

またしても伊東莉子が手を挙げたところで、

「議論が白熱するのはいいことだけど、ほかの人の意見もちゃんと拾ってね」

松島瑛子がレフェリーのジェスチャーで制止した。

「新木くん、混ぜっ返すようなのじゃなくて意見言ってね、瀬戸さんも途中からでいいから発言して。討論に参加していないと評価点あげられませんから」

「はぁーい」

新木流星は子供じみた態度で甘えた声を出す。自分が場を支配する権利を持っていると言わんばかりのクラスの中心人物的態度だが、それはここでは彼が黒一点のポジションだからだ。男子が複数いるところでは脇役に甘んじるが、女に囲まれたこの教室では「俺男一人だからさー」とぶつくさ言いながら、妙に居心地よさそうにのびのび振る舞っていた。

「新木さん、どうぞ」

司会に指されて億劫《おっくう》そうに口を開く。

「言いたいことは二つあって、一つは最初に出てきた、ホステスへの偏見について。たしかに偏見だなーと思うけど、まあ、この著者は、自分の差別意識も自覚していて、自分でもホステスやってみたりしてるんだから、いいんじゃないっすか」

投げやりな語尾に、藤波葉月がイラッとしている。伊東莉子もこれにはムカついたようで、

「ほんとそういうの、男の高みの見物って感じしてやだわ。そういうとこだよっ！」

ねー。

最悪ぅー。

敵が決まれば味方が決まる方式に、意見が違う女子二人が結託するのにはみんなが笑った。Ｚｏｏｍ画面にいるオンライン組たちはマイクオフの状態だから声こそ聞こえないが、なかには手を叩いて大袈裟に笑っている者もいる。

ウケたと思って喜びを隠せない新木流星、思わずにやけそうになるのを堪《こら》えて真顔を作り、言いたいことの二つ目は……と発言に戻った。

「〈男らしさ〉が生産性を支えるって章、あそこは男性学の話になってて、興味深く読みました。〝女が男に媚びて生きる生であるなら、男は、社会に媚びて生きる生と

してある〟〝社会のたてまえが要求する男とは、生産性の論理を裏切らない〈強い男〉であり、男は常に強くあらねばならない己れに合わせて、より強く、より早く走ることを己れに課していく〟〝男にとって、己れを創るとは、己れを見失っていくに等しいことなのだ〟って、ほんとその通りだと思います。ジェンダーの話って女性が女性がになりがちだけど、表裏一体で男の問題でもあることをちゃんと見据えてるのはすげーって思いました。以上です」

すげーって思いました、のあとには誰も付け加えることはなく、この発言は川に浮かべた笹舟のように一瞬で流されていった。

「じゃあ次は、瀬戸さん」

入口そばの席に肩を落として座る、瀬戸杏奈に視線が集中した。

「あ、はい……」

瀬戸杏奈はおずおずと遠慮がちに言葉を探す。

前髪でおでこを隠したミディアムヘア、このところ女子学生がこぞって使っている3D立体マスクで口元をすっぽり覆う。三年と四年が混在しているゼミの中では年下にあたるが、それを差し引いてもずいぶんと幼く、頼りなく見えた。

「えっと、著者はいろんなところで〈とり乱す〉って言葉を遣っていて、なかでもいいなと思った一文があるので、ちょっと読みます。〝とり乱すとは、存在そのものが語る本音であって、それがその時々の最も確かな本音なのだ。自分と出会うことなくして、他人サマと出会うことなどありえないが、自分と出会うとは、自分のとり乱しと出会っていくことではあるまいか〟。あたしは〈とり乱す〉って、自己発見の手段なのかなぁと思いました。それと……」

もう一ついいですか？

はい、どうぞ。

「途中にいきなり、マリリン・モンローが出てくるくだりありますよね。〝マリリン・モンローは身近にいる誰かに絶えず「キミはきれいだ」と言い続けていてもらわないと自分が存在してないような不安感に嘖《さいな》まれたという〟ってところ、ちょっと引っかかりました。これってただのイメージですよね？」

ん？　なにを言い出すの？

全員がきょとんとした顔で瀬戸杏奈を見つめる。

「この部分、どういう根拠なのかなぁと思って。これ、有名な話なんですか？　マリリン本人がインタビューで語ってたとか？」

ジェンダーと映画が専門分野である松島瑛子が答えた。

「少なくとも私は聞いたことはないですね。映画雑誌のなかに、もしかしたらこれに近いことが書いてあって、そこから来ているのかもしれないけど、昔の雑誌はけっこういい加減だから。本人がそうだったっていうことではなくて、そういう女性なんだろうなっていう、いつも彼女が演じていたような役柄のステレオタイプの上に成立しているマリリン・モンロー像かもしれませんね」

「ってことは、やっぱりただのイメージですよね？　マリリン・モンロー本人のことではなくて」

「おそらく」

瀬戸杏奈はそれを聞くと、話を先へ続けた。

「本の中に、〈どこにもいない女〉っていう言葉が出てきますよね。他人の目の中に自分を見出そうとする女性のことで、男性からの評価軸だけで生きてる女性のことだと思いますが、著者はそのなかでマリリン・モンローを具体例に挙げているんです。マリリン・モンローのことはみなさん知ってますか？」

うっすら。

え、誰？

生きてる人？

マドンナと同じ人？

は？　違うし。

信じられない、なんで知らないの？

普通は名前くらい知ってるでしょ。

いや微妙。

あー顔見たらわかった。

みんな検索して、顔見たら一発。

なにした人かは知らないけど。

うん、見たことはある。

ざわざわと一くさりあってから、瀬戸杏奈は発言に戻る。

「マリリンって、セックス・シンボルのイメージを押し付けられてたんじゃないかと思うんです。本人がそうだったとかじゃなくて、あの外見と、金髪のおバカさんってイメージを押し付けられて、ずっと演じていたんじゃないかなぁって」

「はい」

新木さん、どうぞ。

「逆にこのルックスでそういうキャラクターじゃないなんてこと、ありえます?」

「え?」

瀬戸杏奈は思わず新木流星を睨んだ。なに言ってんの?

「いやだから、この顔でこの体なら、絶対そういう人でしょ。別にどういう映画に出てたか知らんけど。こんなわかりやすい顔と体してて、見たまんまの人だと思って当然じゃない?」

「ルッキズムはやめてくださーい」

伊東莉子が囃し立て、Ｚｏｏｍ画面の中がまた沸いた。

「いやルッキズムって、ブスとかブサイクとかを差別すんなって話でしょ?」

「全然違うと思う」

「どう違うの？」

「そんな単純な話じゃないでしょ」

「……あのぅ、続けていいですか？」

瀬戸さん、どうぞ。

「本の中で著者は、他人の目の中に自分を見出そうとすることを〝媚びる〟っていう言葉に言い換えていて、具体例に挙げたマリリン・モンローのことを分析しています。バカで可愛い女の代表とか、主婦と娼婦の両極のどちらにもいる存在とか、男に媚びて存在証明する女の総称とかっていうふうに。著者は〈モンローのような女〉って言い方をして括《くく》ってるんですが、なんでマリリン・モンローのことをそんなふうに悪く思ってるのか、不思議でした。本当のマリリン・モンローがどんな人だったか知らないのに、イメージとして勝手に名前を使っていて、こういうのもセカンドレイプって言うんですか？　よくわかんないですけど。とにかくすごく可哀想だなと思いました。マリリンだって人間なのに。……以上です」

瀬戸杏奈が着席すると、今度は松島瑛子が立ち上がってマーカーを持ち、ホワイトボードに〈モンローのような女〉と書き込んだ。

「いまの瀬戸さんの指摘ですが、一点補足します」

舟橋聖一、1964刊、マリリン・モンロー死去、1962、8月5日、と走り書きする。

「『モンローのような女』は作家の舟橋聖一が書いた小説のタイトルで、一九六四年、マリリン・モンローが亡くなった一九六二年から二年後に刊行されています。田中美津がここで書いている〈モンローのような女〉っていう言葉は、もちろんマリリン・モンロー自身のイメージでもあるけど、同時に『モンローのような女』という作品からも来ているのかもしれませんね。同じ年に映画にもなってますし、メディアを通してある種の共通言語として機能していたのかもしれません」

これは本を読むときにすごく大事なことですが……と前置きして松島瑛子は続ける。

「昔の文献を読むときは、それが書かれた時代についても読み解いていくことが必要です。この当時の人にとって〈モンローのような女〉という言葉がどこまで一般的だったか、そういう、当時の人にとっての〝普通〟ってわざわざ書かれないものだから。それが普通であればあるほど前提として端折《はしよ》られてしまいますからね。自分が体験していない時代の本を読むときは、そこまで考えて読むことが必要ですし、著者が説明しきれていない部分も丁寧に拾っていくことが大切です」

瀬戸さん。

松島瑛子に名指しされて、瀬戸杏奈は俯いていた顔を上げた。

「いい質問でした」

いい質問でした、Good question!

その言葉はすっかりあたしを舞い上がらせ、しばらく地上に降りてこられない高さにまで連れて行ってしまった。ライスシャワーを浴びたような祝福が全身を包み、雲の上で風船みたいにバウンドしてる。これが承認欲求を満たされるってやつかぁ。あたしはふわふわした心地で廊下を歩き、エレベーターに乗り、A班のみんなにくっついてカフェテリアのテーブルに座って、彼らの会話を聞き流した。

葉月よくやるよ。

なにが?

制服コーデで大学来るの。

これ実験だもん。実験ってワンクッションなかったらさすがにできん。

けど制服着てるときの葉月ほんとうれしそうな。

でもやっぱ詐欺だわそれ。

流星だまれ。

でみんな、卒論どうよ。

志波田さんもう書き上がってそう。

まさかぁ！　全然全然。

まじで三年の個人研究のときから卒論ある程度固めといた方がいいよ。

就活と丸かぶりだしね。

スケジュール意味わからん。

春学期のグループ研究まじきつかったしな。

けど流星はもう書きはじめてるから平気か。

杏奈だけでしょなんも決まってないの。

杏奈さっきよかったね。もしかしてはじめてじゃない？　瑛子に褒められたの。

おい。

おーい。

「ねえ！」

真向かいの席に座った藤波さんは、唐揚げにマヨネーズをたっぷりつけながら大きな声で言った。

「あ、うんそう。初だった」

「よかったじゃん。あんまり人のこと褒めないからね、あの人」

教室の外では瑛子呼びだし、あの人扱い。

「おーい、杏奈？　人の話聞いてるか？」

「聞いてる聞いてる」

「ふぅん。それなにおにぎり？」

「十六穀ごはんの梅おかかおにぎり」

「美味しい？」

「美味しい」

「一個で足りる？」

「足りない」

するとあたしのとなりに座る志波田さんが、「そんなのだめよ〜」と嘆いた。

「杏奈ちゃんこれ食べて、ね、ほら」

お弁当箱に残っている肉団子をくれようとするけど、あたしは家族以外の人が作るごはんが苦手だから全力で大丈夫ですと遠慮して、工場で作られたおにぎりを頬張る。まあたぶん、あの肉団子はレトルトだろうけど。

松島ゼミは二限だから、授業が終わったらそのままみんなでランチに行く。春学期はグループ研究の発表があったから授業外にみんなで集まって話し合うことも多くて、いつの間にかこのひとときを〝ゼミランチ〟と呼ぶようになり、金曜のカフェテリアには〝うちらのテーブル〟ができてた。

対面授業が解禁された初回の松島ゼミで、A班の人たちとはじめて会って、ガイダンスのあとにみんなでこうしてカフェテリアに流れたあの日、流星くんは「なんかやっと大学生活がはじまった気がするー！」ってけっこう大きな声で叫んだ。

「ほんそれ」

あたしも小声で吐き捨てたけど、内心怒ってた。

カフェテリアのざわめき、行き交う同年代の人々。熱気、活気、食欲と青春欲が渦巻いて、この二年間、あたしはなんて時間とお金を無駄にさせられてきたんだろうって思った。

「ああ、この二人はガチでコロナ世代だもんね」

「いやうちらもでしょ。ここにいる全員でしょ」

藤波さんと伊東さんは好きなアニメが同じとかで、推しの話ばっかしして仲がいい。前に仲いいですねと藤波さんに言うと、トイレに立った伊東さんがまだ戻って来てないのを確認してから、けど莉子はアンチフェミのヤバいやつだから気をつけてね、こそっと言った。え、アンチフェミなんですか？　そうだよ。けど仲いいですよね。推しの話しかしないからね。

藤波さんの忠告の意味も、四月のあたしはよくわかってなかった。

社会学部には面白そうな研究分野がいろいろあるけど、そこからジェンダー学のゼミを選んだのは、いまそれがいちばん人気だと聞いたから。ここ数年は一般教養でもジェンダー学を受講する学生が増えて、ゼミの希望者も多く抽選になることも普通で、今年から演習〝Ⅳ〟が増設されたんだと聞いて、じゃあそこにしようってなんの迷いもなく決めた。あたしはなんだって当店人気ナンバーワンとか、店長のおすすめとか、興行収入一位とかベストセラー一位とか、そういうのじゃないと安心して選べない。

　四月五月のゼミには全然ついていけなかった。文献の輪読もちんぷんかんぷん。発言するのも怖くて単位を落としかけてた。あるとき、女性が優遇されていると感じること、というテーマで討論していて、司会に指されてあたしはこう答えた。

「映画館にレディースデーがあったり朝のラッシュ時に女性専用車両があるのは、優遇されてるのかなーって思います」

　そしたら教室中が、は？　って空気になった。この子なにもわかってなくてヤバいって空気。それで、あ、この考え方は違うんだなって気づいた。

　世の中には性差別がありますね？　はい、あります。男は男らしく、女は女らしく、そんなジェンダーステレオタイプの押しつけはよくないですよね？　はい、よくないです。選択的夫婦別姓に賛成ですか反対ですか？　えーっと、反対。あーっ嘘嘘、賛成です。それ引っ掛け問題くさいですよね、選択的ですもんね、強制じゃなくて、名前変えたい人は変えられるようにするっていう、そういう選択肢を増やすって話ですもんね、あー危なかった。賛成賛成。望む人がいてそうできない法律があるなら、ちゃんと時代に合わせて変えるべきだと思います。同性婚？　まだ認められてない国は明らかに遅れてますし、普通に人権侵害だと思います。ルッキズムもダメ、家父長制もノー、多様性大事、ＬＧＢＴＱの人を差別しない、障害のある人も差別しない。はい、とにかく差別は絶対ダメです。

文献以上にあたしはTwitterやA班の人たちのなにげない会話やリアクションの中から〝正解〟を獲得していった。

レディースデー？　男女の賃金格差がある以上、週に一回女性が映画をちょっと安く観られるからって別に優遇とは言えないですよね。それに最近は性別に関係のない割引デーに変わってきてますし、議論のテーマにしてはそもそも古いっていうか。女性専用車両？　痴漢から女性を守るには当然必要ですよ。車内で性加害が起こっているのを容認している社会の問題だし、根本解決に取り組まない鉄道会社の怠慢でもあると思います。

あたしはいつの間にか、正しい振る舞いや発言を身につけていく。こういうの炎上しそうだなっていう発言や表現に敏感になっていく。どんどんアプデされてる感じがする。なんだか学習させられてるＡＩみたいだ。自分の頭で考えてるっていうより、顔色を窺ってる感じに近い。何度も同じミスをして、そのたびにプログラミングに修正を加えて、だんだん世間の顔色を上手に窺えるようになったっていうのが、いまのあたしだ。

カフェテリアでほぼほぼランチを終えたみんなは、卒論の話題で持ちきり。

「私なんてまだ章立ての段階なんだけど」

「私は序論」

「研究対象のインタビューしなきゃ」

「ってか研究対象探すのめっちゃ難しくない？」

「そんなんTwitterで募れば一発じゃね？」

「だって会いたくないじゃん」

「そうよ、変な人だったら殺されるかもしれないんだから、ダメダメ」

「インタビュー全部ＤＭでするとか？」

「あ、それいい」

「そうねそれなら……」


　四年生たちの卒論のテーマは、ちゃんとそれぞれのキャラクターにマッチしてて、借り物じゃなくて自分だけの研究って感じがしてうらやましいな。流星くんはまだ三年だけど、個人研究のテーマをもう決めてる。「**男が男を推す〜韓流男性アイドルの現在地〜**」って、Stray Kids《スキズ》推しの流星くんらしいっていうかそのままだけど。

　前に伊東さんが言ってたな。

〝自分らしい〟って難しいんだよ。その点〝男らしい〟も〝女らしい〟も型があるから楽なんだよ。楽なところに流れてなにがいけないのって。

　伊東さんのちょっと論破系入ってる喋り方は、ついついそうだな〜って説得されてしまいそうになるけど、必ず藤波さんが「それ違うから」って否定して、あたしはそのたびに我に返った。あっちにふらふら、こっちにふらふらで、軸ってものが一向に定まらない。

「杏奈もそろそろテーマ決めた方がいいよ」

伊東さんがビシッと高圧的に言った。

Ａ班のみんなから危険人物認定を受けてる伊東さんだけど、名の知れた保険会社からすでに内定を貰っている。「一般職だから支店の窓口とかだと思うけど」、と言っていたものの、あたしの目には充分、人生の勝者に見えた。

「そうそう、就活とかぶってきて、だんだん考えられなくなるからね」

と言う藤波さんは、地元で就活してたから内定がけっこう出て、市役所に決めたそう。二十二歳で田舎にUターンなんて、伊東さんは「もったいな。人生捨ててる」とディスってた。そう言われるとそんな気もする。けど一方では、それも幸せなんじゃないかなと思う。あたしだけがまだこんなぐにゃぐにゃした調子だった。

「そんな焦らなくていいと思う。好きなことテーマにすればいいからね」

志波田さんが優しく言ってくれて、あたしはコクンってうなずいた。

「好きなこと……」

志波田さん社会人枠だし、ちょっと無理して、お母さん的な包容力あるキャラを演じてる気がする。あたしもこのメンバーといると、年下のできない子扱いだから、自己肯定感が下がる。けど、サークルにもいまさら入れないし、大学ではここしか居場所がない。

三限の空きコマは図書館で過ごした。

自習机でノートＰＣを開き、Wi-Fi をつないでマリリンを画像検索する。チュールスカートに埋もれそうになって微笑んでいるマリリン、お花をくわえておどけた笑顔のマリリン、煙草を指に挟んでちょっぴり気取ったマリリン。それらの写真を見ていると、耳の奥にいつかのマリリンの声が聞こえてきた。

あたしはちゃんと憶えてる。

コロナ禍がはじまった孤独な春、あたしに電話をかけてきてくれたその人は、胸がきゅっとなるようなとても優しい、柔らかい声をしていた。マリリンの声なんて知らないはずなのに、英語だってわからないのに、なぜかその言葉はあたしにすっと伝わってきたし、おしゃべりは楽しかった。

だけど思い出すと、マリリンはあたしに、ずっと自分の窮状を訴えていたのだった。映画会社への不満、ステレオタイプへの不満。最後は眠れないと言って、ひどく混乱してた。あたしはなにもしてあげられなかった。

ていうか、あれはなんだったんだ？　あのときなにが起きてたんだ？　あたしは深く詮索もせず、ただあるがまま受け入れて、この世ではそういうことだって起こり得るんだと思っている。起こったっていいじゃないかと思っている。あたしはあの不思議な体験を、子供時代のきらきらした思い出みたいに、宝物として心の中に大事に仕舞った。そうして大きく息を吸ってざぶんとプールに飛び込むように、〝マリリン・モンロー〟という神話にダイブした。

うんと深く潜り、プールの底でくるくる旋回しながら、ネットにきらめく無数のイメージを見渡す。白いホルターネックドレスでポーズをとる『七年目の浮気』撮影中のマリリン、大衆に向けて投げキッスをサービスするマリリン、二番目の夫ジョー・ディマジオとぴったり寄り添うマリリン、ピンクの象に跨《また》がったサーカスの踊り子みたいなマリリン、それから、真剣な顔で一人静かに本を読むマリリン。

マリリン・モンローで検索してヒットする画像は星の数ほどあるけれど、映画の出演本数はそれほど多くなかった。活動期間は十年ちょっと。一九四〇年代の後半、第二次世界大戦後から映画に出るようになり、一九六一年の遺作『荒馬と女』まで、主要作品はたった十五本ほどだ。それに比べると、関連書籍は何十倍もあった。図書館にあるマリリンの本をみんな借りて帰った。

柵で囲われたベビーベッドの中に、赤ちゃんがいる。乳白色の肌にブルーアイズの赤ちゃんは、ふにゃふにゃ顔をほころばす。思わず微笑み返したくなる無垢な笑顔。月齢は十三ヶ月、栗色の髪はようやく生えそろってきたところ。

　赤ちゃんの名前はノーマ。ノーマ・ジーン。

　ノーマの母グラディスは、ここにはいない。子供をあずけて、お仕事に行っているところ。彼女はフィルム現像所でフィルムカッターの仕事をして生計を立てている。現像済みのネガフィルムを、カットしたり接着したりする仕事だ。グラディスが働く会社は大手映画会社のＭＧＭ《メトロ・ゴールドウイン・メイヤー》やパラマウントが取引先。この街に住む人の多くが、こんなふうにハリウッドの映画産業に関わって生きていた。

　ノーマにはパパもいない。男って、セックスして女を妊娠させても、お構いなしに女の元からいなくなるから。グラディスは二度目の結婚をして、その相手ともうまくいかなくなっていた。そんなとき、同じ職場の同僚と関係をもったわけだけれど、妊娠したとなると、彼はすたこら逃げてしまった。かくしてノーマにはパパがいない。母グラディスはシングルマザーである。

　二時間おきにミルクをあげたりおしめを替えたりといったことを、働きながらすることは不可能だ。それでノーマの世話を、彼女は自分の母に頼んだ。けれど、ノーマの祖母にも孫を育てる余裕はなかった。赤ちゃんの世話はとても大変だから。

　結局ノーマは祖母のご近所の、ボレンダーさんのおうちに預けられることになった。ボレンダーさんのおうちは、お金をもらって子供たちの面倒を見て、生計の足しにしている。保育園や託児所が整っていない昔は、そうやってなんとか子供を育てていた。養育費は一ヶ月に二十五ドル。母グラディスは働いて、毎月この金額をボレンダーさんに払っている。フィルムカッターの仕事は低賃金だから、そのお金を捻出するのだって大変だったはず。平日はずっと仕事。でも週末になると遠くから、欠かさずノーマに会いに来た。

ある日。

ボレンダーさんのおうちのベビーベッドで眠っていたノーマは、自分のおばあちゃんに連れて行かれてしまう。そしておばあちゃんはノーマの顔に、いきなりなにかを押し付けた。

「枕だったかもしれない」

大きくなったノーマは、のちに語っている。

ノーマは大人になると、マリリン・モンローという名前の女優になり、ハリウッド映画に出るようになった。女優の仕事は、カメラの前で他人を演じるだけじゃなく、自分自身の生い立ちをインタビューされることも多い。みんな、彼女がどういう人なのかを知りたくて、根掘り葉掘り、いろんな質問をした。

ノーマは、枕のようなものを顔に押し当てられて息が苦しくなると、ありったけの力でじたばたした。そのときのことを、インタビューで語った。それが自分の、いちばん古い記憶だと。

祖母はこのとき精神を病んでいて、一ヶ月後に病院で亡くなっている。

マリリンの人生のはじまりはそんなふうだった。

マリリンについて書かれた本を読むことは、まるで本の中に眠るマリリンを無理やり起こすみたいだった。せっかくすやすや眠っていたのに、ページを開くと彼女は飛び起きて話しはじめる。けれどその声はとても小さい。かすれた囁き声だ。なぜなら本に書かれているのはマリリン自身の言葉ではなく、著者のフィルターを通した解釈だから。読んでいて首を傾げる記述に何度も出くわす。とりわけ引っかかりを覚えるのは、マリリンの言葉をやすやすと疑ったり否定したりするところだ。

本の著者はほとんど男性だった。書かれた時代もいまから四十年近く前。彼らはマリリンに同情的だけど、そういう自分が好きなんだなって感じがした。セックス・シンボルのマリリンに、あえて同情的な自分が好き。だけど心の底ではマリリンみたいなセクシーな女性を、実は軽蔑してるのが透けて見えた。

なぜならほとんどの本が、マリリンが語ったいちばん古い記憶に対して、捏造《ねつぞう》だろうと決めてかかっていたから。「一歳の赤ん坊がそんなことを実際に記憶しているはずはない」――「幻想から紡ぎあげたものと見るべきだろう」と。

あたしは思わず本のページを閉じた。

自分の言葉を信じてもらえなかったような不愉快さが込み上げてきて、胸の中にもやもやしたものが渦巻く。マリリンに成り代わってあたしが傷つく。マリリンがどういうシチュエーションでこの話をしたのかはわからないけど、残された言葉に対してあまりにリスペクトがなさすぎる。それが何歳の記憶だったら信じてくれた？　もしその発言をしたのが男なら、「一歳のころの記憶があるなんて彼は天才だ」ってなったんじゃないの？　ところがマリリンに対しては、「自分の生い立ちを盛って話しているふしがある」という書き方。

「マリリンの幼少期の記憶は不確かなものに過ぎず、彼女が語った悲惨なエピソードは、自分を悲劇のヒロインに仕立てるためのものであった」

不思議なのはどの本の著者も、基本的にはマリリンの名誉を挽回させたいというモチベーションで書いていることだ。世間では軽く見られてしまうセックス・シンボルとしてのマリリンにちゃんとした評価を与えることで、彼女の地位を上げたいと思っているようだった。それなのに著者はみんな当然のように、不幸な生い立ちを自分語りする女性を、悲劇のヒロインぶった存在としてはなから信用しないし、その言動には嫌悪さえ抱いているみたいだった。しかも、マリリンは不幸な生い立ちのせいで愛に飢えているから、どんな男の愛でも受け入れそうと、なんならちょっとロマンティックな筆致で打ち明けていた。

いやいや、こんな人の足元を見た卑怯な話ってある？

男の人ってナチュラルに、そういう目で女のことを見てるんだな。女の弱みにつけこむことへの自覚も罪悪感もゼロ。こいつ不幸で愛情に飢えてるし、シンママ家庭で金もないから、なにしても逃げないなっていう思考回路。怖すぎる。

里親のボレンダー家があるホーソーンという町は、ロサンゼルス国際空港から車で十五分ほどの、のっぺり平らな盆地の住宅街だ。定規で引いたような区画に、同じような家々が並び、前庭には青い芝生、GMやフォードといった自家用車が駐まる。いかにもアメリカ的な、中産階級の住宅風景。国土が広いから車は必需品だ。

とはいえこの国は不況の真っ只中にあった。ノーマが三歳のとき、世界恐慌が起こった。そこから立ち直ろうと新たな政策が打ち出されているものの、女性が就ける低賃金の仕事で生活するのはいかにも厳しい。

母グラディスは週末、ノーマに会いに来た。車から降りると膝をついて腕を広げ、小さなノーマをハグする。ノーマのブルネットの髪を撫で、子供特有の甘い汗の匂いを嗅ぎ、成長ぶりに目を細めた。ごめんね、ごめんね、とあやまりながら、目に涙をうっすらためて。何年もそうやって、ノーマと一緒に暮らせる日を夢見てきた。

ある日、一台の車が、なだらかな丘の中腹に建つ、真新しい小さな家の前で停まる。七歳になったノーマは車から降りると、おうちを見上げた。白いペンキが塗られたバンガロー。アフトン・プレイス６０１２番地。マウント・ワシントン地区は丘陵地になっていて、山のてっぺんまで行けば、ロサンゼルスの街に沈むきれいな夕日が見える。いまはまだ影も形もないけれど、ロサンゼルスの名所になるグリフィス天文台が二年後に完成すれば、それも望めるはず。そんな素敵な場所に母グラディスは、ついに家を持ったのだ。これでやっと、二人は一緒に暮らせる！

「ノーマ、入っていいのよ」

ママの言葉に、ノーマはつないだ手をぎゅっとするばかりで、もじもじしている。ちょっと内気な性格なのだ。

「大丈夫、ここはノーマのおうちなのよ」

ママにうながされ、ノーマはとっておきのメリー・ジェーンの靴で前に進み出た。ポーチへとつづく木のステップをのぼり、玄関ドアの前でくるりと振り返る。ママの顔色を窺うノーマ。車の横に立ったママは、やさしく微笑み返してくれた。ノーマはにこりと笑って、小さな手で丸い真鍮のドアノブを強くつかみ、回し開けた。

家の中はひんやり、新しい木と、ペンキの匂いが充満している。白く塗られた壁。カーテンはなく、家具らしい家具もそろっていない。ノーマはあちこちのドアや戸棚を開け閉めして遊んだ。奥の部屋のドアに手をかけると、「そこはダメよ」、ママに止められた。

「その二間はね、人に貸しているのよ」

「グレースおばさんに？」

それは母グラディスの親友の名前だ。グレース・マッキー。

「グレースじゃないの」

間貸しした部屋に入居しているのは、ハリウッドで俳優をやっているという英国人の、アトキンソン一家だった。俳優といっても衣装は自前のエキストラ。有名俳優のスタンドインをしたりして、固定給をもらっている人たちだ。

競売に出された家具を少しずつ買いそろえ、バンガローはどんどん家庭らしい雰囲気に設《しつら》えられていった。ラッフル付きのカーテン、美しい額縁の写真立てには先祖の肖像写真。レース糸で編まれた繊細なドイリーと、ガラスの一輪挿しに飾られた黄色いバラ。キッチンから漂う焼きたてクッキーの甘い匂い。リビングには白いピアノまで搬入されて、ノーマがぽろんぽろんと戯《たわむ》れに音色を響かせる日曜の午後は、幸せを絵に描いたよう。

ところが半年が経ったころ、母グラディスのうつ症状がひどくなり、病院に入院することになってしまう。いまでいう妄想型統合失調症のような症状だった。

ノーマは養女としていくつかの家を渡り歩き、孤児院に入ったこともあった。けれど、まったくのひとりぼっちというわけでもなかった。後見人に名乗り出てくれた女性がいたから。グレースだ。

グレース・マッキーは親友の娘であるノーマを気にかけ、やがてノーマはグレースの叔母アナ・ローワーと暮らすようになり、ようやく安息の地を見つけた。

あたしはネットで一枚の写真を見つける。

マリリンの母グラディス・モンローと、親友グレース・マッキーが二人で写った白黒写真。二人とも背格好がよく似ていて、一九二〇年代に流行したというフラッパー風の、膝丈のドレスを着ている。グラディスはクローシェ帽をかぶって胸元にコサージュをつけた白のドレス。グレースは、黒いサテン生地のノースリーブドレス姿。後ろでお互いの体に手を回し、お茶目な表情でポーズをとっているせいか、双子コーデっぽい雰囲気があった。

親友が精神科病院に入ってしまったからって、その娘を引き取り、法定後見人になるなんて、ものすごいことだ。だけどどの本を読んでも、この二人の友情についての言及はなかった。どうしてそこを掘り下げないんだろう？　この二人を主役にした配信ドラマを作ってほしい。

後見人がいたとはいえ、マリリンがこの時期に置かれた環境は、とても厳しかった。母グラディスがいなくなってからの数年間に、性的虐待を受けていたと証言している。加害者の名前は本によってまちまちだけど、どうも複数いるらしい。

けれどここでも本の著者はみな、マリリンの告発を信じようとしない。

「マリリンは少女の頃に性的ないたずらをされたことがあると語っている。彼女は生涯を通じて、異常なほどこの話をくり返した。マリリンは暴行された話を倦《あ》きもせず語っているが、一体この話は真実なのか。それとも同情を惹こうとしてマリリンが考え出した、独りよがりの見果てぬ夢だったのか」

そんなセカンドレイプに行き当たり、あたしは怒りのあまり本を床に投げつけた。


文献調査でさっそく行き詰まり、気晴らしに映画を観ることにした。配信されているものしか観られなくて、コンプリートはほど遠い。コスモタワーのカフェテリアの窓際の席、アクリルボードとアクリルボードの間に縮こまって座り、U-NEXTで『お熱いのがお好き』を観る。それから『紳士は金髪がお好き』も観た。やっぱり「ダイアモンドは女の親友」のシーンが本当に最高すぎた。あたしは混み合ったカフェテリアで一人、マリリンの世界に没頭する。

マリリンはタキシード姿の男たちを従えながら、「女が歳をとると男は冷たくなる」と歌う。男性の薄情さと年齢差別を堂々と歌い、痛いところを突いてみせる。もちろんこれは男性が作った曲だし、マリリンはパフォーマンスしているだけだ。金髪のおバカさんという与えられた役柄をうんと可愛らしく演じながら、うっかりフェミニズム的真実に触れているだけ。

あたしはマリリンが年下の娘たちに、「株価が下がれば男たちは女房のところへ帰るわ」と歌って聴かせる二番のパートが好きだ。パパ活はほどほどにね、みたいな人生の教訓を、若い女の子たちに教えてあげてるマリリンは、ちょっとコミカルで、優しいお姉さんキャラって感じで素敵。あたしもこのモブキャラの一人になって彼女を引き立てたい。もう一回再生ボタンをタップした途端、AirPodsがコロコロした音を出して死んだ。外の騒音が一気に耳になだれ込んでくる。

ねえインターンシップどうだった？　いや全然、オンラインの1dayインターンってほんと意味ないなって思った。そっか。じゃあOG訪問とかはどうなんだろ。それもオンラインなのかな。だと思うよ。えー、なんなのほんともーコロナ死んでー。

そんな会話を聞いてしまって、手が冷たくなった。友達がいなさすぎて就活情報が全然入ってこない。スマホで二〇二四年度卒の就活スケジュールをググって、三年の秋はなにをすべきなのか調べた。自己分析、業界研究、企業研究。具体的な情報を見れば見るほど焦ってくる。人手不足っていうし、贅沢言わなかったら就職はできるのかな。だけどそんな誰でも入れるような会社、絶対給料安いでしょ。あたし将来、いくら稼げるんだろう。奨学金返せるのかな。踏み倒したら逮捕されるのかな。

夜行バスで到着した地元の駅前、男の子三人が輪になってサイファーやってる。いまにも雪がちらつきそうなキンと冷えた空気。ロータリーにぽつんと停まってるホンダの白いＮ－ＢＯＸはママの車だ。

助手席に乗り込むとママは「おかえり」と言った。あたしも「ただいま」を言うから、なんだかこのＮ－ＢＯＸがわが家みたい。実際そうなのだ。離婚しておばあちゃんちで暮らしはじめたママにとっては、自分でローンを組んで買った車の中がいちばんくつろげる場所だった。

あたしたちはおばあちゃんの前ではなんとなく話しにくいことを、いつも車の中で話した。東京の大学に行きたいと告白したときもそうだった。あたしが切り出すと、ママはカーラジオのボリュームを下げて耳を傾け、条件反射みたいに言った。

「悪い男に捕まらないようにね」

あたしが「はいはい」と受け流すと、

「でもなぁ、若いときにちゃんと痛い目に遭っておかないと、男を見る目が養われないしなぁ」なんてぶつぶつ独り言をつづけたので、ヤバいこの人、パパのこと思い出してるんじゃないかと焦って、「それよか問題は学費なんだけどさぁ」、話を思いっきり逸らした。

「それはまあ、心配しないでよ。なんとかするからさ」

ママがお金をなんとかするってことは、スナックのシフトを増やすってことだ。

コロナの初期、中年男性が「コロナばらまくぞ」って飲食店にやって来た事件があったけど、あのときはこのニュースがひたすら怖かった。なんでそんなことするんだろうって意味不明で、恐怖でしかなかった。けどあれから、ジェンダー学の授業でいろいろ本も読んだし、ゼミの人たちの議論になんとかついていって、Twitter でも識者たちのアカウントをフォローして意見を吸収した。だからいまならあれが、〈有害な男らしさ《トキシック・マスキユリニテイ》〉という概念ひとつでスッと説明できるってわかる。自分自身の問題と向き合えず、セルフケアができず、持て余した負の感情は攻撃性に転化して、それを自分より弱い存在へと向ける。典型的な〝男らしさ〟の弊害。いまや傍迷惑《はためいわく》でしかない、悪名高き〝男らしさ〟。

三年前よりこの世界の解像度がぐっと上がったし、賢くなった手応えもちょっとはある。少なくとも、いま正解とされている考え方や振る舞いがどんなものかは、察しがつくようになった。けど、それが実社会でなんの役に立つかはまだわからない。

「大学どう?」

ママは車を発進させるとすぐに訊いた。

「もうほぼ対面授業だよ。人めっちゃ多い」

「そう。卒業できそう?」

「うん、卒業はね。問題は就活だな」

「へぇーえ。大学生っぽい」とママは嬉しそうに笑う。

大学に行っているのはあたしであり、ママでもあるんだなぁと、こういうとき思う。

「ねえ、卒論とか書くの？」

「そりゃ書くよ」

「どんなこと書くの？」

「えーっ、まだテーマ絞りきれてないんだけど……最近ずっとマリリン・モンローのこと調べてる」

「なんで？」

「えーっ、なんでって言われるとツラいんですけど」

子供っぽく口を尖らせた。

なにを研究したいかってことは、なににいちばん興味があるかってことで、つまりは自分がどんな人間なのか丸裸になる気がして、すごく恥ずかしい。「よくインスタに流れてきてたから気になって」と濁した。

「マリリン・モンローか、ママ好きだよ。オードリー・ヘップバーンよりもマリリン・モンローの方が好き」

「えっ、意外。日本人はみんなオードリー派なんだと思ってた」

ママはウインカーを出してゆっくり右折する。

「オードリー・ヘップバーンってなんか、お姫様みたいで、守られてる感じするでしょ。けどマリリン・モンローは、体一つで闘ってる感じじゃない？　まあ、どっちかっていうと、マリリン・モンローに感情移入するかな」

それは思いがけず、的を射たマリリン・モンロー評だった。体一つで闘ってる。たしかにそのとおり。なにも持たずにたった一人で、ハリウッドをサバイブした女の子。

「マリリンのうちもシンママ家庭だったんだって」

「へー。親近感」

「里親のところに預けられたり、孤児院に入ってたこともあるって」

「ああ、なんかそういう生い立ちなの聞いたことあるかも。恵まれた家庭に育ったってタイプじゃないのはすごくわかるわ」

「そうなんだ？」

「なんとなくね。苦労人って感じ。親が離婚したのってマリリン・モンローがいくつのとき？」

「なんかそこは複雑そうだった。マリリンの本名、ノーマ・ジーン・モーテンソンっていうんだけど、モーテンソンは実の父親ではなくて」

「別の人との間の子？」

「そんな感じ」

「じゃああれだ、私生児」

「そうそれ、非嫡出子」〝ひちゃくしゅつし〟を嚙みまくって発声する。

「マリリンのお母さんってどんな人？　なんの仕事してたの？」

「ハリウッドのフィルムカッター」

「それどんな仕事なの？」

「編集かな」

「すごいじゃない」

「あーでも、フィルムカッターは低賃金労働だったって」

「やっぱそうなんだ。シングルマザーが就ける仕事なんてどこもそんなもんか。それで子供抱えてどうしろっていうのよね。養えるわけないじゃない」

「と思う？」

「そりゃそうよ」

「やっぱ？」

本によって微妙に書き方が違うけど、どの著者の書き方にも、母グラディスが精神を病んでいたことや、彼女がマリリンを自分で育てられなかったことに対して、責めるような、批判的なニュアンスが込められていた。シンママ家庭育ちのあたしにすれば、グラディスは養育費を里親のうちにちゃんと入れているし、母親としての義務を果たそうとがんばってるように思える。実際、マリリンが七歳のときにはローンを組んで家を買って、マリリンを引き取り、一緒に暮らしているし。

「家買うなんてすごいじゃない」

「それね、マリリンが生まれたころのアメリカって大不況だったんだけど、ニューデイール政策っていうのがはじまって、庶民でも住宅ローンを組みやすくなって、それで家を買えたんだって」

「えーっ、マジ？　なにその政策、羨ましい〜。じゃあずっと子供を預けながら一生懸命働いて、お金貯めて、ちゃんと家を買ったってこと？　いい母親じゃん」

「でもね、結局すぐに、お母さんが精神病院に入ることになっちゃって……」

「え、なに、鬱《うつ》？」

「いや、統合失調症」

「そっか。いまなら薬あるけどね」

「うん。ずっと精神病院、出たり入ったりだったって」

ママはちょっとコンビニ寄ろ、と言ってウインカーを出した。

夜八時をまわったコンビニは、暗闇の中にぽかんと月みたいに浮かんでる。中に入ると暖かくて、おでんの甘い匂いがぷんと漂って、レジのおばさん店員も生活感に溢れて、実家かってくらいまどろんだ空気。ママは雑誌をぱらぱら立ち読みして、売り場をぷらぷら歩いて、缶チューハイのロング缶とおつまみチーズをかごに放り、あたしはピュレグミのマスカット味を入れた。二人で買い物するときの、無駄のないルーティンな動き。もう三年も離れて暮らしてるのに、会えば自然と元通りなのが嬉しくて、でもその嬉しさを顔に出すのは照れ臭くて、あたしはなにも感じていないふりして無表情でとおした。

車の助手席に戻ってピュレグミのシュガーコーティングのざらざらを舌で味わいながら、シートヒーターが気持ちよくって、少しうとうとした。

「着いたよ」

車を降りてあたしの荷物を持ち、すたすた先を行くママを追いかける。

茶色いサッシと磨りガラスが格子になった玄関ドアをガラガラ開けると、濃厚な暮らしの匂いとともに去来する、懐かしさがこそばゆい。帰省は年に一度だし、コロナ初年度は帰らなかったから、これが二度目だ。リビングのドアを開けて「ただいま」を言うと、家の奥からおばあちゃんの「はいおかえり」。まるでいまもずっと一緒に暮らしてるみたいな平熱のテンションが返ってきた。

「あらら、あーちゃん、ちょっと太った？　顔まんまるじゃない」

一年ぶりに会うなりこの調子だ。たてつづけに着ているものにもダメ出しが飛ぶ。

「そのジャンパー寒いんじゃない？　もっと暖かいの着ないと」

高校生のときにセカンドストリートで買ったカーキ色のＭＡ－１。

「これ気に入ってるから」

「気に入ってても寒そうよ、見てるこっちが寒い！」アハハと、自分だけで笑ってる。

おばあちゃんは相変わらずだ。その驚異的なデリカシーのなさで、ママを無自覚に傷つけてきた。ママはTwitterで毒親という概念を知り、人生救われたって言ってる。

「じゃあもう寝る時間だから」

孫との久々の再会に喜ぶフリすらなく、おばあちゃんはテレビを消し、襖を開けて自分の部屋に引っ込んだ。あたしとママは無言で顔を見合わせた。襖一枚向こうにおばあちゃんがいると思うと、あたしたちはろくに話もできない。

リビングの壁のボードには、ポスカでデコりまくった写真が、まるでフレンドリーな居酒屋の一角みたいに、大量に貼られている。写っているのは知らないカップルたちだ。なかには赤ちゃんを抱いているのもある。あたしは小さな声で、

「増えたね」

ママはうんざりした顔で一つうなずいた。

おばあちゃんは六十歳を過ぎてから、生まれてはじめて肩書きというものを持つようになった。たまたま、とあるカップルの出会いに関わったことがきっかけで、地元の新聞に「縁結びおばちゃん」として紹介されたのだ。すっかりその気になり、いまや自ら婚活アドバイザーを名乗る。出生率を上げたがってる自治体から、講演会の依頼が次々来た。縁結びの成功体験とそのやりがいを語ると、聴衆の中高年は目をきらきらさせながら拍手してくれるんだそうだ。

「みなさん、憶えてますか？　私たちの若いころには、親戚や職場やご近所には、必ずお見合いおばさんがいたものです。あのころ、どうしてみんな等しく結婚できていたかというと、あの人たちが縁談の世話を焼いてくれていたからなんです。その文化が廃《すた》れた途端にどうなりましたか？　少子化ですよ。ねえ。このままでは日本から子

供が消えてしまいます。再び私たちのような普通のおばちゃんが、そういう温かいおせっかいを焼きましょうよ！」

結婚、子供、家族。

父親との縁が切れてるあたしにすれば、この世界は最初から、あんまり自分の居場所じゃない感じがする。父親がいないのは当たり前のことだし、慣れてもいる。けどこの国では、お父さんとお母さんと子供がセットで揃ってないと家族って認められない、みたいな圧がすごい。いつもいつも、君たちは不完全なんだって言われてる気がする。

なにより、自分のおばあちゃんがその価値観に固執して、まわりに笑顔で布教していることがキツい。目の前にいるあたしたち母娘の複雑な気持ちには無関心で、世間一般の幸せの形にばかりこだわる。幸せの形はたった一つ、結婚して子供を産んで家族を作ることであると説いてまわってる。そうやって人口を増やして国に貢献してるんだってマジで思ってる。家族の幸せが正解みたいに言われるたびに、あたしたちが否定された気持ちになることを、おばあちゃんは考えもしない。

こそこそと二階へ行って、こたつに入り、ママは缶チューハイを開ける。

「まあ、あの人、生まれてはじめて承認欲求満たされたんだと思う。新聞に載って、講演会になんか呼ばれて、ちやほやされて。スイッチ入っちゃったんだよ。名誉欲ももともと強いもん。ずっと主婦で、それ以外の肩書きなんて持てると思ってなかったろうから、頭の中にアドレナリン出てるのわかる。もう止められないね」

「ママ、心が広くなってる」

「毒親本、読みまくってるからね」

「すごいよ。すごい効果」

「でもねぇ、本を入手するのも一苦労よ。地元の図書館で毒親本ばっかり借りるのは世間体悪いでしょ？　本屋で注文するのもアレだし、メルカリで買っておばあちゃんが開封しちゃったらコトだし」

「電子書籍で買えば？」

「そっか。その手があったか」


お風呂に入ってから布団の中で、持ってきていたマリリン本をめくる。アメリカの有名なフェミニスト、グロリア・スタイネムが一九八六年に書いた『マリリン』という本だ。そろそろ読み終わりそうな二三三ページ。最後の章は、こんな言葉ではじまっている。

「もし今日マリリン・モンローが生きていたら、一九八六年六月一日で、彼女はちょうど六十歳になるところだった」

もしいまマリリンが生きていたら、九十代。九十代で元気なお年寄り、普通にいるもんな。マリリンが生きてる世界線だってあったんだ。マリリンがずっと生きていて、

『タイタニック』で年老いたローズを演じたり、『ハリー・ポッター』のマクゴナガル先生役をやってるところを考えながら眠りにつく。

翌日は朝六時に起きた。高校生のころから初詣の時期に毎年やってる巫女バイトに出かけて、今年も社務所でお守りを売りまくった。

## ノーマ・ジーンと戦争

冬休みが終わると東京に戻り、再び文献を漁る日々。

マリリンは十六歳になると周囲のお膳立てもあり、高校を中退して結婚、専業主婦になった。

あっ、と思った。その結婚は文字通り、〝生存〟手段だ。

あたしはノートPCに保存してある、前に課題で出されたPDFを開いた。小倉千加子・著『結婚の条件』という本からの引用が載ってる。この本の刊行は二〇〇三年。テキストを読み、この二十年で日本女性の結婚がどう変わったかを比較するという課題だった。

本にはこう書いてある。学歴によって女性の結婚は、生存・依存・保存に分かれると。四大卒で仕事を持っている女性は、いまの生活レベルを「保存」できる結婚相手を選ぶ。短大卒女性は結婚願望が強く、専業主婦になって夫に「依存」することを希望している。そして経済的自立が難しい高卒女性にとって結婚は、「生存」手段を意味する。

レポートにあたしはこう書いた。二〇〇〇年の時点で女子の大学進学率は四十八％に達していた。つまり半数の女性が「保存」を望む一方、同年代の男性は就職氷河期のため多くが非正規雇用に流れた。女性が生活レベルを「保存」したくても、それをさせてくれる男性の数が極端に低いミスマッチが、非婚化と少子化となって顕在化したのではないかと。

先生から戻ってきたのはこんなコメントだった。指摘はその通りだけど、この課題では「保存・依存・生存」の概念が二〇二二年にどこまで通用するかを考えてほしかったです。瀬戸さんは卒業すれば四大卒女性ですが、将来もし結婚するなら、その結婚は「保存」ですか？

第二次世界大戦がはじまり、夫ピートはほどなく出征。ノーマは義理の両親と暮らしながら、航空部品を扱う工場へ働きに出た。それまでは女性が就ける職業は限られていたが、戦争がはじまると男たちが徴兵されて国外へ行ったため、国内は人手不足に陥り、女性にもどんどん外で働いてもらいましょうということになったのだ。

十八歳のノーマはパラシュートを畳む単純作業に明け暮れながら、退屈に喘《あえ》いでいた。冴えない作業着に身を包み、ときどき時計を恨めしく見上げる。頬は不満で膨れている。若くて美しいノーマはうずうずしている。自分を持て余している。

そこへある日、カメラを持った男がやって来る。彼は、女性ばかりが働く工場を見渡すと、ノーマに目を留め、その姿にフォーカスを合わせた。

「やあ」

声をかけられ、内気なノーマは少し動揺する。ぎこちなく笑顔を返すと、彼はやにわにノーマの容姿を褒め称えはじめた。自分は戦地にいる男たちを元気づけるような写真を撮っているんだと説明し、それにはセクシーな女の子の写真がいちばんなんだと、ノーマにウインクした。

「きみの写真が軍の機関誌に載るんだよ」

ノーマは恥ずかしそうにうつむき、謙遜しながら、首を横にふる。フォトグラファーはダメ押しするみたいにさらにこう言った。

「ベティ・グレイブルみたいに！」

その名前にノーマは反応し、静かに顔をあげる。

ベティ・グレイブルはこの時代、人気ナンバーワンの映画女優だ。ブロンドで、アメリカ的な陽気さをふりまく明るい笑顔の持ち主。彼女の水着姿のピンナップは米軍兵士のあいだで、リタ・ヘイワースを凌《しの》ぐ人気を誇る。

「……ベティ・グレイブルみたいに？」

ノーマのあどけない問いかけに、フォトグラファーは一気に攻勢をかける。

「ああ！　機関誌に載ったらきみの写真を切り抜いて、きっと誰かがベティ・グレイブルのピンナップの横に貼るさ」

ロサンゼルス育ちのノーマにとって映画は、子供のころから身近だった。母の仕事も映画関係だし、母の親友グレースも、ノーマは将来、ジーン・ハーロウみたいな女優になれるとしきりに言っていた。

雲みたいに遠くにあった夢ともつかない夢が、男の言葉で突然リアリティを増す。

ノーマは小さくうなずき、カメラの前に立った。

ポーズはぎこちなかった。だらんと下げた両手の置き場がなくて、ノーマは困って腕をさする。ふと顔を上げると、レーンで手を動かす女性たちの少し冷ややかな視線が突き刺さった。ノーマはますます居たたまれなくなり、その様子を見たフォトグラファーが「よし、それを持ってごらん」とうながす。プロペラの部品を手に持つと、さっきよりリラックスしてカメラの前に立てた。

「じゃあいくよ」

ノーマはちょっとはにかみ、うぶな笑顔を浮かべる。

その瞬間、シャッターが切られた。

フォトグラファーにすれば、これは特別な出来事じゃない。いつもやっていることだ。とびきり可愛い女の子を見つけ出し、口説き落としてカメラの前に立たせ、笑顔を引き出すなんてことは。そのためなら、「きみにはモデルの才能があるよ」と言って、女の子を無限におだてることだって厭《いと》わない。有名女優の名前を挙げて、きみもああなれるさと発破をかけもする。

だけど女の子にしてみれば、それは計り知れない体験だ。プロのカメラマンに、きみは美しい、きみは可愛い、きみは特別だ、きみには才能があると褒められることは。人生を一変させてしまうほどの自信と勇気をくれる出来事になる。

そしてその日、カメラの前に立っていたのは、十八歳のノーマ・ジーン・ドハティだった。

ノーマは工場を辞めて、義理の両親の家も出て、ハリウッドに移り住んだ。ブルー・ブック・エージェンシーというモデル事務所に入って、ジーン・ノーマンの芸名でさっそく仕事をはじめる。十九歳から二十歳にかけて、一年未満の活動期間で彼女は大変身していった。周囲に説得されて癖っ毛を直しブロンドにすると、段違いに垢抜け洗練された。けれどまだまだ、あのマリリン・モンローの雰囲気はない。あどけない瞳を輝かせたマリリンは、セクシーというよりキュート。お嬢さんという感じ。

モデル事務所からの紹介で俳優事務所に移り、20世紀FOXのオーディションに合格する。契約期間は半年、週給七十五ドル。芸名は「マリリン・モンロー」に決まった。一九二〇年代のブロードウェイミュージカルのスター女優マリリン・ミラーと、母親の旧姓を組み合わせた名前だった。

契約が成立したとき、マリリンはどのくらい喜んだろう。飛び跳ねたり叫んだりした？　夢が叶ったと、早とちりしたかもしれない。

マリリンはこのときの契約では、まともな映画に一本も出ていない。副社長でプロデューサーのダリル・F・ザナックに目をかけてもらえなかったせいだった。

ザナックはマリリンにとって終生にわたる宿敵だ。ブルネットの女が好みで、ブロンドはタイプじゃないからとマリリンを冷遇した男。そんなくだらないことでキャスティングが決められていたのかと呆れるけれど、それがハリウッドだった。マリリンは契約を更新してもらえず、半年後あっさりクビを切られてしまう。

短くて不安定な契約でしか会社に雇ってもらえないのは、今も普通に日本であることだ。二〇二〇年の調査では、労働者に占める非正規雇用の割合は男性で二十％以上、女性だと五十％以上にのぼる。むしろハリウッドの方が、憧れて業界に入ってきているという弱みがあるから、労働者側の立場は脆弱だったかもしれない。

マリリンは二十二歳になる年、今度はコロンビア・ピクチャーズと契約を結んだ。週給は同じく七十五ドル、期間はやはり半年。この話がどうやって決まったか、本には映画会社の重役たちがやりとりした、こんな記述があった。

「この娘に借りがあるんだが、おたくで二十六週間雇ってくれたら恩にきるよ」まるで右から左にボールを転がすみたいに、そんな雑なやり取りでマリリンの将来が決まっていく。女優を夢見る若い女性の生殺与奪の権は、こういう重役たちが握っていた。

マリリンの人生はあらゆる本で根掘り葉掘り書き尽くされているものの、情報は少しずつブレがあって、行間は著者の想像と偏見で埋められている。何気ない言葉の端に女性嫌悪《ミソジニー》が滲み、書いている本人も意識していないような歪んだ女性観と固定観念のバイアスが、揚げ物のころもみたいにびっちりまぶされていて、読む側はそれを丸呑みにすることになる。気を抜くとあっさり毒されてしまいそうだ。「へぇ〜マリリンって枕営業がんがんやってのし上がっていったんだ〜そういう女だったんだ〜」なんて具合に。文章に深く埋め込まれたミソジニーには、読み手の意識をたやすく誘導しコントロールする魔力がある。

本を読み進めながらそのことに気づくたび、あたしは水に濡れた犬みたいにぶんぶん頭をふった。マリリンの本を読むときは、蜘蛛の巣みたいに張り巡らされた偏見を注意深く取り払わなきゃいけない。仕事を得たくてセックスの求めに応じた女性を非難するのではなく、セックスを要求する権力者男性にこそ非があるのだから。責めるべきは被害者ではなくて加害者。ボーイズクラブ的でホモソーシャル的な、おじさんたちの仕事のやり方こそ、論文で追究しなければ。マリリンをこの偏見のるつぼから救出しなければ。あたしは取り憑かれたように本にラインを引き、付箋を貼っていく。付箋にはこんなメモ書き。

倫理観の欠如した性格の悪い男たちに権力が集中していることで、性加害が業界で常態化！

ゼミ発表会

一月下旬。四年生にとっては卒論の締め切りにあたるこの時期、三年生たちはゼミ発表会を行う。来年度に取り掛かる卒論のテーマを各自発表し、質疑応答でブラッシュアップの気づきを得るのが目的だ。朝から夕方までスケジュールが分刻みで埋まるなか、一人目の発表者が壇上に立った。

「松島ゼミA班の瀬戸杏奈です。それでは発表をはじめさせていただきます」

マイクの位置を調整し、彼女はノートPCのディスプレイに目を落とす。

「私の卒論テーマは、『ステレオタイプの呪縛～マリリン・モンローが演じた役柄とその内面の考察～』です。このテーマを選んだきっかけは、もともと個人的にマリリン・モンローに興味があったのと、以前授業で読んだ文献、田中美津『いのちの女たちへ　とり乱しウーマン・リブ論』のなかにあったマリリン・モンローへの言及に違和感があったからです。その本には、〝マリリン・モンローは身近にいる誰かに絶えず「キミはきれいだ」と言い続けていてもらわないと自分が存在してないような不安感に苛まれた〞というふうに、マリリンが男性からの賛辞なしには生きていけない女性の例として挙げられていました。他人の目の中に自分を見出そうとする女性、つまり、男性から向けられる異性としての評価を過信する女性像は、あくまでマリリン・モンローという一人の生身の人間の、パブリック・イメージでしかないのではないかと思いました」

瀬戸杏奈は顔を上げ、ゼミ生たちの様子をちらりと窺う。みな配布されたプリントに目を落としていて、誰もこちらを見ていなかった。彼女は発表をつづける。

「マリリン・モンローは一九五〇年代にハリウッドで活躍した映画スターで、一九六二年に突然亡くなったあとも、セックス・シンボルとして世界的に有名な女性です。代表作は『七年目の浮気』『紳士は金髪がお好き』『お熱いのがお好き』など、主に演じた役柄は、英語でBombshell、金髪のおバカさんと言われるような、性的魅力を消費される、ステレオタイプのキャラクターでした。マリリン自身はこの役柄をとても嫌っていたそうです。実際のマリリン・モンローは内気で、読書家で、職業的な向上心もあり、一九五四年にはハリウッドからニューヨークに拠点を移して、アクターズ・スタジオという有名な演劇学校に学生として通っていました。また、独立して個人のプロダクションを作るなど、大手映画会社による支配的な産業構造に、一人で立ち向かっていました」

一呼吸して瀬戸杏奈がもう一度、客席の反応を見る。今度は全員が顔を上げて、彼女に注目していた。

「ところが、そういうマリリン・モンロー本人の行動に反して、映画会社が作りたがるのも、大衆が求めるのも、セクシーなだけで頭の悪い、ステレオタイプの方でした。これは、興行収入から見ても明らかです。マリリンは、『カラマーゾフの兄弟』のグルーシェニカの役を演じたいと発言していて、文芸作品への出演を希望していました。ですが、マリリン・モンローのパブリック・イメージは、彼女が演じた役柄と完全にイコールだったため、そういった発言をすると、メディアから嘲笑されることも多かったといいます。

以上のことから、マリリン・モンローは、彼女自身のパーソナリティと、世間に浸透したイメージが、ものすごく乖離《かいり》した存在なんじゃないかと仮定して、卒論ではマリリン・モンローが押し付けられた〝セックス・シンボル〟というパブリックイメージの弊害を考察しようと思います。人を型にはめるステレオタイプの問題は、現代に通じるものなんじゃないかと思います。発表は以上です」

拍手。

司会進行の学生がマイクのスイッチをオンにする。

「ありがとうございました。質問などある人、挙手をお願いします」

はい。

真っ先に挙手したのは、松島ゼミB班の女子学生だ。

「マリリン・モンローを選んだことについての質問です。えっと、さっきのお話では、個人的に興味があったのと、文献からヒントを得たということでしたが、もちろんそういう個人的な気づきや興味も重要だとは思うんですけど、なんていうか、どうしていま、マリリン・モンローなのかなぁという点が、あんまり腑に落ちなかったです。一九五〇年代に活躍した人をいま改めて研究するなら、その理由みたいなものが、ちゃんとあった方がいいんじゃないかなと思いました。質問は以上です」

瀬戸杏奈はマイクを口元に近づける。

「ご質問ありがとうございます。えっと……テーマの現代性みたいな部分については、私ももう少し詰めたいと思っています。マリリン・モンローをテーマにする必然性みたいな……。ステレオタイプが問題視されるようになったいまの時代と、一九五〇年代をうまく繫げられたらいいなと思います。ご指摘ありがとうございました」

「ほかに質問のある方、いますか？」

はい。

「調査方法はどのようにお考えですか？」

「えっと……」

言葉に詰まる瀬戸杏奈に、厳しい指摘が飛ぶ。

「テーマは面白そうだなと思うのですが、発表で仮説を立ててなかったのと、なにをどう調査するのかがわからなかったので、もう少し具体的に、立証したいことを明確にしておいた方がいいように思いました。なんか、どういう論文になりそうなのか、見えてこない感じがして」

「……はい。調査方法は、主に文献調査になると思います。仮説を立てるのが難しくて、そこはまだ考え中です……」

「ほかに質問ありますか？」

はい。

「これは完全に個人的な意見ですが、マリリン・モンロー本人は嫌がっていたステレオタイプの役柄を、映画会社だけじゃなくて、大衆も求めていたという部分が興味深かったです。資本主義としては、映画会社の方針は間違ってはいなくて、そう考えるとどちらかというと大衆側に、加害性がある気がしました。大衆なので、誰か一人が悪者ってわけじゃないけど、大衆心理みたいなものを追究したら、現代にも通じるテーマになるんじゃないかと思いました」

その意見に瀬戸杏奈が答えるより先に、司会進行がマイクをとった。

「そろそろ時間ですので、質疑応答は以上とさせていただきます。次の発表は、松島ゼミA班の新木流星さんです、お願いします」

壇上から降りた瀬戸杏奈は、机に資料を置き、肩を落として座る。

彼女の耳に、韓流男性アイドルをテーマに掲げた新木流星の声が遠くの方で聞こえた。これぞ現代的なテーマ。男性アイドルを推すことによって、男性が自らのアイデンティティを模索するというキャッチーさに、ゼミ生たちはいきいきと耳を傾け、ところどころ笑いまで起こる。

席に戻った瀬戸杏奈はプールの底に沈み、ぶくぶく息を吐いている。

## 卒論指導

二〇二三年四月。大学キャンパスに聳《そび》え立つビルの七階、教授たちの研究室が並ぶフロア。廊下は、床に敷き詰められたカーペットが物音を吸い込むのか、ひどくしぃんとしている。瀬戸杏奈はエレベーターから降りると七〇八号室へ向かい、ドアの前に立つと深呼吸をし、コンコンコンと三回ノックした。

「どうぞ」

中から声がして、ドアノブを回し開ける。

松島瑛子は部屋の奥の机で、パソコンに向かいながら言った。

「ドアは開けたままにしておいて」

「はい」

「一瞬だけ待ってね」

「はい」

瀬戸杏奈が研究室に来るのは、これがはじめてだった。三年次からジェンダー社会論演習Ⅳ、松島ゼミを受講しているけれど、授業はいつもワンフロア上で行われている。さらに松島ゼミはコロナ対策として、オンラインと対面を併用したハイブリッド形式であり、顔を合わせるのは隔週。それだって松島瑛子は学生たちの議論をいつもただ見守っているだけで必要最低限のことしか言わないから、一年が経ってもなお、打ち解けた関係とは言いがたかった。瀬戸杏奈からすればやりにくい距離感である。

入口付近で棒立ちになったまま、手持ち無沙汰に研究室の中を見回す。床は廊下と同じグレーのフロアカーペット。壁一面の本棚には単行本、大判サイズの本や洋書、文庫、バインダー類がぎっちり並ぶ。そこから溢れた本は床にも積み上がり、さらには部屋の中央の丸テーブルにも積み上がって、全体にごちゃっと、雑然としていた。

パソコンのキーボードがカタカタ、カタカタ、静寂の中に響く。ひときわ大きなエンターキーの音が鳴って「はいおしまい」、松島瑛子は席を立つと、部屋の中央の丸テーブルに着いた。

「そっちに掛けて」

「はい」

「研究計画書は提出済み？」

「はい」

「えーっと、どこだどこだ」

松島瑛子がきょろきょろしたところで、瀬戸杏奈はデイパックからクリアファイルを出して彼女に一枚わたす。

「あ、ありがとう」

瀬戸杏奈はきゅっと口角を上げて会釈した。

研究計画書に目を落とす松島瑛子。口元は相変わらず白いＫＦ94マスクですっぽり覆われている。

今年は桜の季節の到来とともに、海外旅行客が一気に増えた。ノーマスクで楽しげにしている彼らによって、コロナ禍の潮目が変わったことが日本中に伝搬していく。あれほど人々が口にしていた〝ご時世〟や〝ご自愛〟といった言葉も、いつの間にか聞かれなくなっている。

大学の様子もずいぶん変わった。入学式やオリエンテーションだけでなくサークルの新歓コンパも解禁されるなど、コロナ前の空気に戻りつつあった。それでもマスクは必須であるし、いまだにオンライン授業のみという講義も多い。松島ゼミも教室の収容人数の関係で、今年もハイブリッド型で運営していくとシラバスに掲載していた。

「まずはちょっとお願いなんだけど、今年のA班のゼミ長、瀬戸さん、やってもらえる？」

「えっ？」

「順当でしょ？」

「……がんばります」

はにかむと、瀬戸杏奈はますます子供っぽく見える。

松島瑛子はステンレス製のタンブラーボトルでコーヒーを一口飲み、

「藤波さんとか伊東さんとか、みんな卒業しちゃってさみしい？」

とたずねた。藤波葉月は地元の市役所に、伊東莉子は保険会社にそれぞれこの春から就職している。社会人入学の志波田恭子も大学院入試に無事合格して院生となった。

彼女たちと一年間、同じゼミで過ごしたものの、別れがさみしいかと訊かれると、瀬戸杏奈はあまりピンとこない。

「あーそうですね。けど、ゼミでしか会わなかったから、そんなに」

「そうだね、コロナ禍のゼミって、あっさりだからね」

瀬戸杏奈はその言葉に、抗議の気持ちを込めて、うなずかなかった。

コロナ禍の大学生は可哀想、なんて目で見られるのは、うんざりなのだ。コロナ以前の世界において、大学生活がいかに素晴らしいものだったかを、上の世代に諭されるほど不毛なことはない。

ほとんどの授業がオンラインだった二年間は言わずもがな、三年になってようやくキャンパスに通えるようになっても、学生たちはソーシャルディスタンスのマナーのもと、人と物理的に距離を置く癖がついていたし、それはそのまま心理的距離につながった。マスクを外して飲み食いしているときに人とちょっと話すだけでも、誰かに見咎められているんじゃないかと怯える空気があった。その空気はだんだん薄まってはいったものの、完全に消えたわけじゃない。コロナに罹った学生がそのまま大学に来なくなり退学したケースもあり、そんな話を聞くと自制心が働いて、ますます羽目を外せなくなった。

瀬戸杏奈はこの三年、誰かと出会い、お互いを知り合い、打ち解け、仲を深める手順をすっかり忘れてしまった。対面授業が解禁され、一席空けてとなりに座った子と会釈をしたり、トイレで鉢合わせた顔見知りの子とはしゃいだ感じで会話をしたり、奇跡のような偶然が重なって授業終わりに何人かと学食でランチしたことは、あるにはある。けれどいずれも、当たり障りのない情報交換のような会話をにぎやかにしているだけで、そこから先には一向に踏み込めないのだった。誰かを誘ったこともなければ、人から誘われることもなかった。

「瀬戸さん」

声をかけられて我に返る。

松島瑛子は研究計画書をひらひらさせて言った。

「じゃあ、はじめますか」

単位をほとんど取得済みの四年生の場合、残りの大学生活は卒論の執筆と就職活動が二本柱だ。卒論の執筆は担当教授との個別指導がメインとなり、こうして研究室を訪ね、執筆状況を報告し、相談しながら書き進めていく。

「一月のゼミ発表会のときから進展あった?」

瀬戸杏奈は前髪をさらさら揺らすように首をふる。

「むしろ後退してます」

研究計画書は、タイトル、研究の動機、目的、概要、スケジュールなどを書き出したものだが、瀬戸杏奈が提出したものはタイトルが空欄だった。

「ゼミ発表会のときはタイトルあったよね。えーっと……」

「ステレオタイプの呪縛~マリリン・モンローが演じた役柄とその内面の考察~」

「そうそう。面白そうだと思うけど」

「んー……」

瀬戸杏奈は小首を傾げ、

「ゼミ発表会のときボロカスだったし……」

目をしょぼしょぼさせながら自信なさげに言った。

松島瑛子は困ったように研究計画書を見つめ、なにか褒めてあげられるところはないかと探した。ところが動機も目的も概要もすかすか。唯一、参考文献の欄だけは、ぎっしり文字が埋まっていた。

「参考文献はこれで充分そう？」

「いやぁ……あんまり」

なにを訊いてもこの調子なので、松島瑛子はいささかうんざりしてきた。

卒論指導は一人三十分で組んでいる。

瀬戸杏奈がようやく口を開く。

「参考文献が、どれもなんか、あんまりよくなくて」

松島瑛子が研究計画書に目を落とし、リストアップされた書名や著者名を見る。似たりよったりのタイトルが、欄に入り切らないほど並んでいる。

「これだけ資料そろってるなら充分って気もするけどね。グロリア・スタイネムがマリリン・モンローのこと書いてるなんて興味深い」

「あー、その本は、まあ、よかったんですけど」

「他の参考文献になにか問題でも？」

瀬戸杏奈が不器用にぽつりぽつりと語ったところによれば、こういうことだった。どの本も書き手の男性たちが、ことごとくマリリン・モンローの発言を否定したり自分に都合よく曲解しているのに、まったく悪びれるところもなければ、謙虚さや殊勝さもないので、いちいち腹が立って読み進められない。突っ込みどころが多すぎるし、気持ち悪すぎる。マリリンのセックス観がどのようなものであったかを執拗に書いていたりして、読めたものではない。それにもまして腹立たしいのは、マリリンが幼少期に性的虐待を受けたと何度も証言しているにもかかわらず、ほとんどそれを全否定していること。

「普通にセカンドレイプですよね」

瀬戸杏奈は付箋だらけの文庫本を取り出して言った。

「ちなみにこの本とか、けっこう最近、Netflixでドキュメンタリー化されてるんですよ。マリリンの死の真相を探る、みたいな感じの」

「へぇ、そうなんだ。著者はご存命？」

「でした」

「ドキュメンタリーはどうだった？　面白い？」

「あー、クオリティは高いです。でもなんか、見るのつらくて」

松島瑛子は文庫の該当箇所を読み、奥付を見ると、「一九八五年か」とつぶやいて、こんなことを言った。

「たしかにセカンドレイプだと思う。けどね、これは別に著者の味方をするわけじゃないけど、一九八五年の時点では、このくらいの感覚が普通だったっていうのも、事実としてあると思う。残念だけど、女性の性被害はずっと問題にもされてこなかったから。昔から当たり前みたいに女性に対する性的暴行はあったし、幼児への性的虐待もあったけど、それはもしかするといまの、痴漢くらいの感覚だったのかもしれない。痴漢は犯罪ですって、わざわざ言わなきゃいけないくらい、男性たちにとっては軽いことだと思われていた」

瀬戸杏奈は絶句している。

「現代でも、女性が性的暴行の被害を告発したとき、まずそれを疑われたり、否定されたりすることは、残念ながらよくあるでしょう。昔はもっと、それが一般的な感覚としてあった。だからこの本の著者も、幼児のときにマリリンが性的虐待を受けていたっていう発言を、真剣に受け止める回路が、頭になかったっていうことなんだと思う。この本が書かれたのが一九八五年だとすると、まあ、八五年でもまだこのレベルだったんだなと思うしかないっていうかね」

瀬戸杏奈はきょとんとして言った。

「一緒に怒ってくれないんですか?」

松島瑛子は虚を衝かれた。

「……一緒に怒ってほしかった?」

「はい」

松島瑛子はゆっくりと、マリリン・モンローが表紙を飾った文庫に手をのばし、付箋のページを開いてさっきの文を目で追い、顔をあげた。そして少し照れながら口を尖らせて言った。

「ム、ムカつく〜」

瀬戸杏奈は「ありがとうございます」、真顔でぺこりと頭を下げた。

二人は小さく笑い合い、松島瑛子はこう言った。

「瀬戸さんのその怒りを、そのまま書けるテーマにした方がいいと思う」

「でもそれがなんなのかわかんないんですよお」

「そうだね」

「文献の引っかかったところ全部に突っ込み入れていくとかじゃダメですか」

「ダメ。参考文献を貶《けな》すようなことはしてほしくない。そういう揚げ足取りみたいなことは Twitter とかでやればいい」

松島瑛子は毅然として言う。

「……そうですよね。たしかに、どの本も基本的には、マリリンを擁護するモチベで書かれてるのはわかるんで」

「それはよかった。あとね、多分なんだけど、マリリン・モンローなら英語圏でもっと新しい本が出てるんじゃない？　日本語訳されてる本がちょっと古いって感じるなら、英語の新刊に当たってみるといいかもしれない。英語、苦手？」

瀬戸杏奈は首を傾げて答えた。

「嫌いではないです」

小さく礼をして研究室をあとにした瀬戸杏奈が、廊下の先のエレベーターボタンを押す。扉が開くと中から新木流星が現れた。

「あ」

「おう。面談？」

「うん」

「どうだった？」

「あー、まあまあ」

「へぇ」

鉢合わせた二人は、慣れない感じで立ち話した。以前は一学年上の藤波葉月や伊東莉子、それから志波田恭子らと一緒だった。グループの座組みでなら気安く話せていたけれど、一対一となるとたんに調子が狂ってしまう。

「就活どうしてる？」

新木流星に訊かれ、瀬戸杏奈は急に焦りを感じた。

「まだなにも。え、なにかやってる？」

「とりあえずエントリーシート出しまくってるけど」

「えっ、やば、あたしまだ全然だ」

「おっそ。インターンとか行ってなかったっけ？」

「行ってない」

「OB・OG訪問とかは？」

瀬戸杏奈は首を横にふって、

「最近は卒論の文献めっちゃ読んでて……」

言い訳のようにぽそりと言った。

「そんなん後回しでいいだろ」

新木流星は小バカにした調子で笑う。

「まあ俺も〝学生時代に力を入れたこと《ガクチカ》〟にはゼミの論文って書いたけど。ほかに書くことなんもねーし」

「やば、完全に出遅れてるな……」

「もしかして業界も絞れてない系？」

瀬戸杏奈はうなずく。

「あー。俺、今度いっこオンラインの合同企業説明会あるけど、情報流そうか？」

「お願い」

「オケ。ＬＩＮＥしとくわ」

「ありがと」

「じゃ」

「じゃ」

ロビー階のエントランスでエレベーターを降りる。おびただしい数の人が溢れ、ものすごい活気だ。新入生らしき学生たちの陽気なムードに噎《む》せそうになる。

瀬戸杏奈はAirPodsで慌てて耳を塞ぎ、逃げるようにバス停へ向かった。

混み合ったバスに乗り込み、揺られること二十分。あてもなく駅ビルを彷徨《さまよ》い、ドトールに入って窮屈な席に腰を落ち着けると、デイパックからマリリン・モンローの本を出してめくった。

マリリンはその人生において、絶えず男性と交際していたし、取り巻きのような友人たちにも囲まれていた。なのに不思議と、いつも孤独でひとりぼっちだったような感じがする。マリリンへの個人的なシンパシー、彼女を特別な存在と崇め、好きと思う強い気持ち。その〝好き〟が、自分を支えるまでに大きくなり、いまやその存在は、お守りのよう。自分の中の聖域にマリリンを祀っている感覚は、雑踏の中でも瀬戸杏奈をシールドのように取り囲み、守ってくれた。

一人の部屋で彼女は、いまもときどきプリンセス・テレフォンの受話器を耳に押し当てては、マリリンの声を思い出そうとした。これだけさみしいなら、またマリリンから電話がかかってくるかもしれないと、心の片隅で期待しているのだ。マリリンからの電話には法則性があって、孤独がピークに達したときに、時空を越えて接続できるんじゃないかと彼女は考えていた。サンタクロースのように、信じていればきっと来てくれるという、イノセントで他愛のない信仰。

あのとき自分を救ってくれた、マリリンとの会話。あの優しい声。忘れないようにしなきゃ。忘れないようにしなきゃ。瀬戸杏奈が受話器に向かって、もしもし、もしもしと声をかけるところを、ぬいぐるみのホイップが見ていた。

## ゴールデン・ドリーム

マリリン・モンローはコロンビア・ピクチャーズで初主演映画を撮影した直後に、またしても契約終了でクビを切られている。こんなふうに映画会社との短い契約が切れるたび、マリリンはモデルの仕事に戻って生活費を賄《まかな》った。ロサンゼルスのモデルのギャラの相場はニューヨークに比べるとだいぶ安かったらしい。

あたしはタブレットを膝に載せ、電子書籍で買ったモデル時代のマリリンの写真集をスワイプする。はじめのうちはニットやコートを着ていたのに、だんだん水着姿のピンナップが増え、なかにはビキニトップを脱いで胸を隠す際どい写真まであった。やがてお金に困ったマリリンは、とあるカレンダー広告の撮影に臨むことになる。

撮影スタジオには、壁から床一面に真っ赤なベルベット生地がカーテン状にたっぷり垂らされていた。アシスタントは重たい布のドレープを手で寄せ、エロティックなムードを作り出すのに苦心している。そこへ、バスローブを羽織ったマリリンが現れる。三脚の横で仁王立ちになっている広告写真家にうながされ、ローブを脱ぎ捨てると、黒いシースルーランジェリーが露わになった。カメラの前に立ち、腰をくねらせ、顔を隠すように腕をあげ、セクシーなポーズをとるマリリン。しばらくして、フォトグラファーはこんな提案をした。

「よしじゃあ次はその下着も取ってみよう」

フォトグラファーにすれば、これは特別な出来事じゃない。いつもやっていることだ。下着姿になったモデルを前に、あともう一押し説得して、裸にすることは。そのためならどんな嘘でもつく。

「大したことじゃないよ。みんなやってることだ」

ランジェリー姿のマリリンはぎゅっと身を硬くする。言葉がうまく出てこない。

「そんな写真を撮られたら困る」マリリンは言った。「私は女優になりたいの。女優として成功したいの」

抵抗するマリリンにフォトグラファーは、「ああ、そんなこと気にしてるのか」、馬鹿だなぁと言わんばかりに軽くいなしてみせる。

「ぼくはプロだよ。大丈夫、モデルが誰かは、絶対わからないように撮るさ。ぼくを信じろよ」

それから彼はダメ押しみたいにギャラを提示した。ランジェリー姿だといくら、でも裸になればこのくらい出すよと。

この撮影がどんなものだったか、実際のところはわからない。騙されたとも強要されたともどこにも書いていない。むしろマリリンはヌード撮影に積極的だったと書いている本すらあった。そんな女いる？　それはさすがにないでしょうと、あたしは慎重に読み進めていく。書き手の男性たちはみんな、マリリンが本当に本当に性的に奔放で、自分の素晴らしい肉体を人に見せたくて仕方なかったんだと思いたがっている。けれど、それはただの、彼らの願望だ。男たちがそう思いたいだけ。マリリンがしくしく泣きながら脱いでいたら、自分たちが気持ちよく消費できないから。罪の意識から逃れるための、幼稚なファンタジーだ。

驚いたことに男性たちは、性を売る女性たちは、自主的にやっているに違いないと思い込んでいる。人前で裸になったり、風俗で働いたり、売春したりする女性たちは、生まれながらの〝淫乱〟に違いないと彼らは信じている。肉体を男たちに喜んで差し出して、性行為を楽しんでいるのだと。そういう都合のいい思い込みをして、それを当然のようにマリリンにも向けている。裸になったのはお金が必要だったからだとはっきり言っているのに、マリリンは自分から脱いだのだと勝手に書き換え、まったく悪びれない。認知が歪んでるって、こういうこと？

マリリンが幼少期に見たというある夢が、どの本でもまるで免罪符みたいに引用されていた。教会に裸で立っているマリリンの足元に、みんながひれ伏しているという夢だ。禁欲的なキリスト教の抑圧を、肉体的な魅力で打ち壊し、勝利することへのわかりやすい願望が見てとれる。マリリンはフロイトの本を読んでいたから、もしかしたら〝セクシーな女優〟というイメージ戦略の一環でこのエピソードを語ったのかもしれない。真実がどうであれ、こういう夢を見たことがあるからといって、マリリンが肉体を晒すことにまったく傷ついていなかったと解釈していいことにはならない。

マリリンがヌード写真を撮られた現場の様子を想像すると、頭の中に、ＡＶ出演強要の問題にも通じるイメージが広がった。

無防備な下着姿でカメラの前に立っている女性が、突然、もっと脱いでみようと持ちかけられる。恐怖を感じてふと見回すと、そこは完全にアウェイだ。どこにあるのかもわからないスタジオ、初対面のスタッフ、さっきまでちやほやしてくれていた全員が、いまは共犯者の目で彼女を見つめている。「減るもんじゃないし」という言葉で、女性は反論を封じられてしまう。だけどそれは減るのだ。男性たちの想像力が及ばないレベルで。致命傷になるほど女性たちを損なうこともある、暴力なのだ。

このとき撮られたヌード写真には、「ゴールデン・ドリーム」というタイトルがつけられた。この撮影でマリリンが受け取ったギャラは五十ドルだった。写真家は版権を五百ドルで売った。数年後、マリリンのヌードカレンダーはアメリカ中に出回った。

不安定な暮らしが五年もつづいた一九五〇年、マリリンは映画『イヴの総て』に端役で出演している。ブロードウェイの内幕を描いた映画で、ほんの二、三シーンしか出番のない脇役だったけど、そこにはスターになる前の、まだ少しあどけないマリリンがたしかに映っていた。業界のパーティーにエスコートされてやって来た女優の卵。連れの男性に、向こうにいるプロデューサーに自分を売り込んでこいとけしかけられる。

「なんだか惨めなウサギみたい」

肩を落とすマリリン。

「楽しい気分にさせてやれ」

男性は囁《ささや》き、マリリンを突き出す。

モノクロ映画だけどマリリンは肌も髪も、ミンクの毛皮も、中に着ているカクテルドレスもなにもかも、白く発光するように輝いてる。ちょっと場違いなほど若くて、キュートで、上目遣いの媚びた演技は絶妙にコミカルだ。若い女を演じている若い女という感じ。声は思いがけず低くて、舌足らずではなかった。

この映画が公開された当時、マリリンに注目した人はどのくらいいただろう。「この子は将来スターになる!」と見抜けた人はいた?

あたしは資料を求めて外に出た。

電車に一時間揺られ、駅の階段をのぼって地上に出ると、ニュースでよく見る光景が目の前に広がる。あの建物なんだっけとGoogle Mapsで確認すると、首相官邸だった。首相官邸が国会議事堂のほんの目と鼻の先の距離にあることを、あたしははじめて知った。政治ってものすごく狭い範囲にあるんだ。観光バスから国会議事堂の見学に来た中学生たちが吐き出され、その人混みをかき分けながら足早に国会図書館へ向かった。

作ったばかりの登録利用者カードをリーダーに載っけてパソコンを起動させる。探しているのは昔の映画雑誌。マリリンがいつどんなふうに日本で有名になっていったか知りたくて、雑誌を当たってみることにした。

アドバイスをくれたのはママだ。リアルタイムに近い生の情報は、書籍よりも雑誌の方に残っているはずだと教えてくれた。ネットがなかったころはとにかく雑誌が情報源だったからと。古い雑誌が見たいなら国立国会図書館に行くべしという情報は、Yahoo! 知恵袋に転がっていた。

蔵書検索に映画雑誌のタイトルを打ち込み、一九五〇年の号からリサーチをかけていく。誌面はデジタル化されていて、クリックして開くと、恐ろしく古い雑誌のページが表示された。ブラウザの端をクリックしながら一枚一枚めくり、じりじりとマリリンの登場を待った。

『イヴの総て』はアメリカで公開された翌年、一九五一年九月に日本でも公開されていて、雑誌「スクリーン」でも大特集を組まれている。一九五一年十月号には何ページにもわたって座談会で取り上げられ、これがどんなふうに素晴らしい映画であるか長々と語られていた。しかしどこを探してもマリリンへの言及はない。役名もセリフもあるけれど、しょせんは映画の本筋には関係のない脇役なのだ。

じゃあ、これ以上に大きな役をつかむにはどうすればいいのか？　オーディションに合格する？　そんな正攻法が、この時代にこの業界で通用した？

マリリンは二十二歳の冬、大晦日の業界パーティーで一人の男性に紹介されている。ジョニー・ハイドはこのとき五十三歳、タレント・エージェンシーの副社長だった。一目でマリリンにべた惚れした彼は、マリリンを映画会社のオーディションに連れて行った。そこで『イヴの総て』や『アスファルト・ジャングル』といった作品にプッシュし、マリリンが小さな役をもらえたことはあった。けれど、どれも一本限りの契約だった。

二人は愛人関係にあったと言われている。持病があり余命を悟っていたジョニー・ハイドは家庭を捨て、マリリンとの再婚を望んだ。けれどマリリンはそれを断っている。彼から金銭的援助を得ていたわけでもなさそうだった。だって、お金に困ってヌードカレンダー「ゴールデン・ドリーム」の撮影に応じたのも、ちょうどこのころだから。

マリリンは当時、ピンナップモデルの仕事で生活費を稼いでいた。演技コーチを個人的に雇ってレッスンをつづけながら、業界に顔を売るため、ときどきジョニー・ハイドに連れられてパーティーに行く生活を送った。不朽の名作といわれている『イヴの総て』でも、ギャラは五百ドル。映画会社と長期契約を結ばない限り、端役以上の役にはつけず、スターにもなれない。

一九五〇年の末、ジョニー・ハイドはどうにか20世紀ＦＯＸのスクリーンテストの約束を取り付けた。長期契約のかかった大事なテストだった。マリリンが映画スターになれるかどうか運命を分けるオーディションを用意して、彼は死んだ。そしてスクリーンテストに無事合格したマリリンは、20世紀ＦＯＸと七年間の契約を結ぶ。万々歳！　マリリンの大勝利！　これぞアメリカン・ドリーム！　……ではなかった。

この契約は週給が割り当てられた固定給で、言ってみれば働かせ放題。年ごとに週給は上がるけれど、年度末に契約を更新するかどうか決めるのはスタジオ側だった。会社の一存で解雇されることもあるってことは、実質一年ごとに契約を更新される非正規雇用みたいなもの。そして出演作品は会社が勝手に決め、他社の作品に貸し出される場合、その利益は俳優にではなく映画会社に入る仕組みだった。ただし撮影がなくて暇だったとしても、テレビやラジオ、舞台などのオファーを受けることは禁止されていた。つまり飼い殺しということ。

本にあったこんな一文に、あたしはマーカーでラインを引いた。

「こういった七年契約にアメリカ映画界のほとんどすべての俳優が屈服していた——すべての権利と利益は映画会社にあり、演技者の懐には入らないという年季奉公だ」

二〇二三年・春

ジェンダー社会論演習Ⅳ松島ゼミA班には、この春から新たに三年生が四人加わっている。メンバーが入れ替わったことで去年までとは雰囲気もまるで違っていた。

この日の討論のテーマに「性加害」を挙げたのは、司会の三年、菊地《きくち》れいあ。彼女は初回のゼミで自己紹介に立つと、自分は高校生のとき性被害に遭ったと告白し、当事者としてこの問題に積極的に取り組んでいきたいと語った。彼女が着席したあと、ゼミ長の瀬戸杏奈も新木流星も、面食らって固まってしまった。

あれから一週間経っても、瀬戸杏奈は菊地れいあに、まだ話しかけられない。迂闊《うかつ》に余計なことを言って二次加害してはいけないと意識しすぎるあまり、ぎこちない態度になった。

「私が自分の身に起きたことに向き合えたのは、#MeToo がアメリカで起こっていたのをネットで知ってたからです」

菊地れいあは言った。

二〇一七年、ハリウッドの超大物プロデューサーが何十年にもわたって女優たちに性暴力をふるっていたことをニューヨーク・タイムズ紙がスクープした。これを受け、同様の被害に遭った女優がTwitterで#MeTooをつけてみんなもつぶやいてと呼びかけ、ほかの女優たちからも告発が相次ぐ。日本でもそれに先立ちジャーナリストの女性が性的暴行の被害を告発し会見に臨んでいた。性暴力に対する潮目の変化はコロナ禍で加速し、世界中でジェンダーへの意識がアップデートされ、ＳＮＳによる性被害の告発はあらゆる分野でつづいている。

「ああいう流れが起こってなかったら、きっと自分のことを責めたり恥じたりしてたと思います。けど、ちょうど世の中的にそういう動きがあったあとだったし、親にも言って助けを求められたのが大きかったんだと思います。だから、性加害の問題がどんどん普通に語られることで、救われる人はたくさんいるんじゃないかと思うんです。もしかしたらいまここにも、実は性加害に遭った人がいるかもしれないじゃないですか。あなただけじゃないよって伝えたいし、私もみんなにそう言ってほしい。オープンに語り合えたらいいなと思って、今日はこのテーマを選びました」

同じく三年の小林《こばやし》凜音《おん》は、ＢＬにおけるレイプ描写の多さについて発言した。

「私は小学校高学年くらいのときからＢＬが好きになっていろいろ読んできたんですけど、この数年で趣味が変わって、最近はちょっとどうなんだろうと思うようになってきてます。それって性暴力への認識が、自分の中で変わったことが影響してるんじゃないかなと思いました。ＢＬは、レイプから男同士の同性愛の関係がはじまるパターンがけっこうあるあるで、なんか型みたいになってて、前は全然そういうの気にならなかったしむしろ興奮してたんですけど、本当にここ数年でレイプへの嫌悪感がすごくなって、ＢＬのそういう加害性みたいなものについて考えるようになりました。ＢＬって、性的客体として抑圧されていた女性たちの復讐みたいな要素もあるから、そういう意味でレイプはアリっていうか、カタルシス効果もあったと思うんです。でもそれも、レイプへの解像度が低い時代だったから許されたことで、いまはレイプにロマンティシズムを持ち込むのってだいぶヤバいじゃないですか。読む側の感受性が変わったことで、作られる物語もどんどん変わっていかなきゃって思います」

彼女たちの発言を受け、瀬戸杏奈と新木流星はこそっと目配せし、お互いの焦りを共有した。まだ四月だというのに、去年のゼミより明らかにレベルの高い討論がなされている。まるで自分たちがすっかり時代遅れの年寄りみたいだ。

「じゃあ次は」

司会の菊地れいあが時計回りで指名していき、新木流星に順番が回ってきた。

去年は年上の女性たちに囲まれ、なにを言っても許される黒一点の悠々たる態度だったが、意識の高い後輩を前に、いいところを見せなくてはと思ったのかさっそく声を裏返らせている。

「性暴力って、被害者の話しか聞かなくないですか？　もっと加害者に語らせることが大事だと思ってて、でもそれより大事なのは、加害者を生まないようにすることじゃないですか。だから、やっぱり性教育を早いうちからやるしかないんじゃないかって思ってて。前にTikTokでアフリカの小学生が性教育の授業を受けてるのを見たことあるんですけど、アフリカの方が日本より正直全然進んでるなと思いました。とにかく、やっぱり加害者側の研究がもっと進んで、それを性教育にフィードバックさせて、加害者を生まないようにするっていうのが、やっぱすげえ大事なんじゃないかと思います」

「すいません」

菊地れいあが挙手した。

「いまの発言、性犯罪の加害者の大半が男性っていう大前提を、なんかスルーして話してるみたいで気になりました。ちょっといまデータないんですけど、たしか九割くらいの比率だった気がします。とにかく、性暴力の加害者は圧倒的に男性が多いんで。圧倒的に。そこはちゃんと言ってほしいですね」

「……すいません」

新木流星は神妙な顔で頭を下げた。

そのとなりに座っているのは、中国人留学生の李 帆 帆《リイ・ファンファン》。

「李さん、お願いします」

「はい。去年、中国で、ある映像が、とても炎上しました。焼肉の店で、女性のグループに男性が声かけて、女性は手、ふりはらった。そしたら髪の毛つかまれて、店の外、引きずり出されて、殴られました。集団暴行受けた。ほんと、ひどい映像でした。それで、中国でも、ネットですごく議論されて、ジェンダー不平等のこと、問題になった。けど、加害者、罰受けない。罰がとても軽いです。だから、なくならない。レイプだけじゃない、女性への暴力たくさん、ほんとたくさんある。日本も、中国も、変わらないです」

長机を囲む全員がうなずいている。

「次は山戸さん、お願いします」

山戸翼《やまとつばさ》は新しく松島ゼミに入った三年生のなかでは唯一の男子だが、そう括られることを好まず、性自認について慎重に考えている最中だという。

「性暴力……やっぱりジャニーズ問題にどう対処していくかが、この国の性暴力に対する姿勢を決めていくことになるんじゃないでしょうか。今年の三月にＢＢＣが取り上げなかったら、たぶんいまも完全スルーですよね。忖度ばっかしてる日本のマスコミがゴミってことでしかないんだけど。#MeTooのときって、新聞で報道されたあとTwitterで俳優たちが実名でどんどん声をあげたから一気に広がっていったのに、ジャニーズは名前を知られているような人はみんな黙ってて、このまま大物がちゃんと声あげなかったら、結局なにも変わらないんじゃないですかね。最初に菊地さんが言ってたけど、被害者は恥ずかしがらなくていいし、罪もない。そのことをジャニーズの人たちがもっと示してくれるかどうかで、世の中の見方は違ってくると思います。まあ、無理だろうけど」

無理だろうね、ほんと、ないよね、日本だもん。三年生たちは諦観の冷笑を見せる。

「それじゃあ最後はゼミ長、お願いします」

「はい……」

瀬戸杏奈の番だ。

「あたしはいま卒論中で、マリリン・モンローをテーマに書くためにいろんな文献に当たっているところです。まさにマリリン・モンローの時代のハリウッドは、性暴力が日常的に溢れていました。とくに、キャスティング権を持っている映画会社の重役に権力が集中していて、女優——俳優ではなくあえて女優といいますけど——女優たちは本当に当たり前みたいに性暴力を受けていたし、それが特に問題視されることもなかったようです。菊地さんの発言にあった#MeTooが起こるまで、ハリウッドでは何十年もずっとそういう状況がつづいていました。日本語で枕営業といわれるような行為を、英語でキャスティング・カウチというんですが、そういう言葉になるくらいキャスティング権を持っている人が絶対的な権力者になってしまう構造があって、それってもちろんハリウッドに限った話ではなくて。さっきの菊地さんの指摘にもありましたが、性暴力の加害者は圧倒的に男性が多いので、男性に権力が集中することの怖さをすごく感じます。あと、文献を調べる中で感じたのが、書かれている文章がすごく二次加害的だということでした。たとえば八〇年代や九〇年代に書かれた本であっても、文章には、キャスティング・カウチに応じた女優側を責めるようなニュアンスが見られました。コロナ禍の前と後とで、ジェンダー意識がガラッと変わったし、社会通念は本当に時代によって変わっていくものなんだと感じます。ただ、変わったのはごく一部の敏感な人の意識だけで、法律とか制度とか規制とかは、まだまだこれからなのかなって。山戸さんが言ったように、#MeToo に相当するような社会的にインパクトのある大きな動きがないと、いまのレベルのまま中途半端なところで止まってしまうし、日本がどんどん国際的な人権尊重の基準に満たない国になってしまうんじゃないかと心配になります」

討論はその後、法整備の必要性に集中した。AV新法ことAV出演被害防止・救済法についてリサーチしてきた菊地れいあが、タブレットで資料を開きながら発言する。

「この法律は、成人年齢の引き下げにあたって去年の六月に成立、施行されました。当初は批判も多くて、よくニュースにも取り上げられていたので、みなさんご存じですよね。少し前に続報のニュース記事が出ていたので読んだら、けっこうちゃんと機能している感じがしました。契約書を交わすとか、一年後まではその契約も解除することができるとか。むしろ、これまでAVに出演する女性を守る法律がなかったことが怖いなと思いました。AV以外にも、女性が性的な魅力を見せることで、お金を稼ぐ仕事は多いじゃないですか。風俗も、キャバクラも、ガールズバーも、コンカフェも、グラビアアイドルだってそうじゃないですか。性被害を受けかねないグレーな領域で、怖い怖いって思いながら仕事してる女性はたくさんいて。だけどよく考えたら、彼女たちはなににも守られてはいないんだなって。なんなら、守ってもらうために怖い男と付き合ってる、みたいな。それってすごく危険な仕組みなんだけど、そういう仕事をやってる以上、仕方ないってことになってる」

「はい」小林凜音が手を挙げた。

「そういうもんだから仕方ないっていうのを、もうやめようっていう動きが、ここ数年でかなり出てきてますよね。たとえば、AV新法とほぼ同じ時期に、パワハラ防止法も中小企業に対しての施行がはじまってて。パワハラって、日本ではずっと当たり前にある、我慢しなきゃいけないものって感じだったみたいですけど、自殺者もたくさん出て問題視されるようになって、法律ができたっていう。こういう法律ってじわじわ世の中を変える力があると思うんです。さっき山戸さんが言っていたジャニーズ問題ですが、別に大物タレントが声をあげなくても、少なくとも法律さえ変われば、世の中の価値観もそっちに流れていくんじゃないかな」

　これに対し、菊地れいあがピリッと付け加えた。

「でも私は、被害を告発してる人がいるのに、連帯しないで沈黙してる人たち、ほんとどうかと思いますけど」

四年生は居場所がない

菊地れいあさんは、はじめてのゼミ司会とは思えないくらい見事なタイムキーパーぶりで、あたしは感心しどおしだった。全員に満遍なく発言を促し、ほどよいところで瑛子から締めの一言をもらい、挨拶をしたちょうどぴったりのタイミングでチャイムが鳴った。

「あーすいませんちょっといいですか」

ざわつく教室で、あたしは慌てて立ち上がり、声を張った。

帰り支度をしていた三年生がピタリと手を止め、こちらを見つめる。

「えっとね、去年はこのゼミのあと、みんなでお昼食べにカフェテリアに移動してたんだけど……」

けど?

三年生はそれがどうしたという顔だ。

ゼミ長らしくみんなをまとめなきゃと思ったけど、やぶ蛇だった。

「あー、みんなでランチ行くかってことでしょ」

流星くんが助け船を出してくれた。

「ランチ……」

三年生たちは、なにか言いたげに顔を見合わせている。

菊地さんが先陣を切ってこたえた。

「私サークルの仲間と約束しちゃってて」

「そっかそっか、わかった」

小林凜音さんはすまなそうな顔で両手を合わせ、

「あーすいません。私、午後からインターンあるんで」と言う。

「もうインターンとか行ってんの⁉」

流星くんはあきらかにショックを受けていた。あたしもだ。二十五年卒の子はあたしたちの代とは全然違う。サークルも入ってるし、インターンシップにも行ってる。

李さんも山戸さんも「ちょっと用事が」と遠慮がちに言い、結局、三年生はみんな予定があってさっさと帰ってしまった。

「えーっと、もしかして用事ある？」

あたしは流星くんを、なんかもう泣きそうな気持ちで誘った。


カフェテリアはライブ会場並みの大混雑だ。つるりと白い空間に天井が高く抜け、耳が痛いほど話し声が反響している。新入生たちは独特のパワーを発しているからすぐわかる。顔立ちもだいぶ違うし、ファッションも雰囲気も違う。わかりやすくZ世代って感じで、あたしの目から見てもみんな若い。若くて眩しい。

学食では台湾フェスが開催中。あたしは税込み四五〇円の台湾まぜそばをトレーに載せて窓際のカウンター席へ運び、流星くんの横に座った。

「それなに?」のぞき込んでたずねると、

「魯肉飯《ルーローハン》」

「なにそれ」あたしは言った。「るーろー?」

「魯肉飯知らないとかあるんだ」

流星くんはいつもの人をバカにした言い方。あたしは面倒くさと思いながらギロッと睨み、お箸をとった。

「なんだろな、うちのゼミ、去年とは違う意味で肩身狭くね?」

あたしは麵と具をぐちゃぐちゃ混ぜながら、「それな」と同意。ニラとニンニクの強烈な匂いがするのに、おかしい、まるで食欲が湧かない。

あたしは悪口や陰口にならないよう、遠回しに、遠慮がちに言った。

「なんかみんな、ほら、ちょっと……自己肯定感高めっていうかね」

流星くんは待ってましたとばかりに食いついてきた。

「そう! なにあの自信! どっから出てくんの?」

「あたし去年のゼミであんなに喋れなかったよ」

「たしかに。瀬戸さんはまじ、いないも同然だった」

流星くんはけらけら笑う。

あたしはそのイジりに反論もできない。

「だって伊東さんたちの話についてくのに必死だったもん」

「迂闊な発言したらなに言われるかわかんなかったしな」

「卒論のテーマ全然決められなくて、ゼミランチのときみんなに詰められたな……」

「そんなことあったっけ？」

「あったよ。でもいまの三年なんて、みんなもう自分のテーマ持ってるし。しかもなんか高度だし」

「いやほんと。俺もうついていけん。三年たちが途中なに言ってんのかマジでわかんなかった。あいつなんだっけ名前、男子」

「山戸翼」

「そいつ。ＬＧＢＴＱの中に当てはまるやつがないって、なんか初回でキレ気味だったやつ。俺あとで調べたんだけど、Ｑじゃん。クエスチョニングのＱでいいじゃん。性的指向がまだ定まってないならＱだよ」

眉毛をへの字にして訴える流星くん。

「やめよやめよ」

なにを言っても差別発言になりそうでビクビクしてしまう。配慮しなきゃ、正しくいなきゃ。あたしは優等生っぽいことを言って逃げた。

「カテゴライズしないでって言ってたんだから、カテゴライズしちゃダメ。Ｑでもしっくりこないってことだよ、きっと」

一方、流星くんは本音トークで喋りつづける。

「いやでもあいつ、見た感じ普通に男だけどな。すげー上から高圧的に喋る物の言い方とか特に。そのへんのプライド高い男子となにが違うのかわかんないっていうかさ。キャラ付けが欲しくて言ってんのか、真剣に悩んでてカミングアウトしてんのか、どっちなのかがマジでわかんないんだよ」

「……それ、絶対言っちゃダメなやつ」

「わかってるよ、こういうことは言うだけでもうこっちが悪者なんだよ。引用RTで晒しものになるんだよ！」

シーッ、もっと声小さく、と身振り手振りで叱った。けれど流星くんは「菊地さんとかもなー」とつづける。「出身地言うくらいカジュアルに性被害告白されてもな」

あたしは慌ててくちびるに人差し指を立てた。「ほんとやめて」と強く言う。

「この会話、人に聞かれたら一発でアウトだからね」

「わかってるよ」

「人格疑われるよ。ていうか人格否定されるから」

「はいはい。でも最後にこれだけ言っていい？　菊地れいあ、高校時代に性被害に遭ったことを告白したってやつ」

「Twitterでバズったあと新聞に取材されたって？」

「新聞のウェブ版にな。それ読んだら盗撮被害でさぁ。更衣室で盗撮カメラ発見して、警察に通報した話だった」

「……で?」

「いや、性被害っていうからほら、もっとハードめなやつ想像してたっていうか……」

流星くんはガクッとうなだれた。

「あー、去年の志波田さんたちが恋しいよ」

「あたしも」

それについては完全同意だ。

流星くんが食べてる魯肉飯、一口もらってどんな味か知りたかったけど、コロナがあってからそういう接触はタブーだ。二人とも食べ終え、就活の進み具合を訊く。登録済みの就活サイトのUIがいまいちだとか、オンライン企業説明会がつまんなすぎて寝たとか。流星くんはリモートワークに積極的な会社なら職種はなんでもいいという。

「そんな選び方ある?　ウケるんですけど」

流星くんはエントリーシートを書くにあたって自己分析するため、いろんな自己啓発本のサマリーを読み漁り、「自分に正直になってやりたいことに優先順位をつける」というメソッドを実践したところ、その境地にたどり着いたという。

「瀬戸さんの一位は?」

「えー急だな……」

考えを巡らせるまでもなく、あたしはすぐに答えにたどり着けた。

「奨学金の返済」

「あー、それな」

「自分が借りてる金額、返還シミュレーションで計算してみたら、十八年間、月一万四千円ちょっとって出てさぁ……」

「十八年て。生きてきたのと同じ期間じゃん。きつ」

「将来見えなすぎた。ていうかあたしの奨学金、ほぼ家賃で消えてるんですけど」

「うわ、じゃあコロナでオンライン授業だった二年とか最悪じゃん」

「最悪だよ」

「借金背負って人生スタートさせるってマジできつ」

「だからせめて、マイナスをゼロまで戻したいかな」

それから流星くんは、これ瀬戸さんに言ったらショックだと思うけど、と前置きして言った。

「留学生の李さん、仕送り五十万もらってるんだって」

ゴールデンウィークは実家に帰らなかった。だってお金がもったいない。あたしは世間の浮かれた空気が入り込まないよう、カーテンの隙間からこぼれる光でマリリンの本を読みつづけた。

連休が明けて大学に行くと、ビルの入口にあった非接触型のスタンド式検温器が撤去されていた。学内用のサイトにログインすると、五月八日から新型コロナウイルス感染症が「5類感染症」扱いになること、それを受けて「大学は個人の選択を尊重し、マスクの着用等に於いては学生一人一人の判断に委ねます」という一文が掲示されていた。あたしは舌打ちして指を下から上にスワイプし、強制終了した。

なんだそれ。そんなふうにぬるっと終わらせようってつもり?

辺りを見回すと、新入生たちがわがもの顔で溢れている。マスクを外してる人もいる。みんな笑って、弾むように歩き、キャンパスには春の祝祭感があった。この子たちだって高校時代がコロナ直撃だった可哀想な世代なんだろうけど、少なくとも大学生活は最初からエンジョイしてるようで、それを見るのがあたしはつらい。妬《ねた》みで胸が苦しい。サークルになんていまさら入れない。そもそも大学に四年生の居場所なんてない。

四年生……？

まだ十九歳くらいの経験値しか積めてないんですけど？

入学式が中止され、緊急事態宣言で家に閉じ込められてた日々からもう丸三年が経ったなんて信じられないし、信じたくない。オンライン授業だった二年間のことがうまく思い出せない。時間がおかしなふうに縮んだまま、あんまり手応えがないんで、あたしは自分がもうすぐ二十二歳になることをどうしても受け入れられない。


国会図書館でありったけプリントアウトしてきた映画雑誌のコピーをベッドにどさりと放り、前屈みになって小さな文字に目を凝らした。

雑誌「スクリーン」を定点観測したところ、マリリンの初登場は一九五三年の三月号。巻頭グラビアに、黒いシースルードレスを着たカラー写真が載っていた。キャプションには「まだ日本では知られていない女優だが、アメリカでは昨年の人気は大変なものであり、もっとも大きく扱われた存在だった」とある。さらに別のページの新人俳優特集にもマリリンは登場。記事にはこんな言葉があった。「全裸でカレンダアの写真をとるとか宣伝もうまいらしいが、彼女の進出は昨年のハリウッドの大事件の一つである」

それがなんのことか誌上で判明するのは、翌四月号だ。〈〝裸〟に祟《たた》られた女　マリリン・モンローとヌード事件〉というものすごいタイトルがつけられた記事で、三ぺージにわたってこのスキャンダルの経緯がまとめられていた。
とある会社が配ったカレンダーがアメリカの至る所に貼り出され、同時にこんな噂が立った。赤い布の上でポーズをとっているブロンドのヌードモデルは、20世紀FOXの新人女優マリリン・モンローではないか？
どこからともなく湧き出したこのゴシップを、ほどなくマリリン自身が認めた。映画会社は徹底的に否定せよと言い渡していたが、マリリンはその忠告を無視して、あっさり自分だと認めたのだ。それは何年も前に撮った写真であり、当時は部屋代を三週間も滞納していて、生活のために仕方なく引き受けたのだと。マリリンのこんな発言が載っていた。

「私はこの事を決して恥じては居《お》りません。悪いことをしたとも思って居りません。そもそもあの場合、この方法以外に私が部屋代を稼ぐためにどんな方法があったでしょう。他の方法を執るくらいなら私は自殺をむしろ選んだに相違ありませんわ……」

このスキャンダルによってマリリンはただの新人女優から、世界的な有名人になった。折しも、国民的野球選手ジョー・ディマジオとの熱愛報道が出て、雑誌のゴシップ欄を賑わせていたタイミングでのヌードゴシップ。急に仕事が増え、この年だけで五本の映画に出演。秋には出世作となる映画『ナイアガラ』の撮影がはじまる。マリリンは〝一九五二年のイット・ガール〟だった。

映画雑誌にやたら「イット」という言葉が頻出するのでネットで調べると、クララ・ボウという名前に行き着いた。一九五二年がマリリンの年だとするなら、一九二七年はクララ・ボウの年だった。大ヒットした主演作のタイトルが『イット』で、女性の魅力を意味する言葉として一般名詞のようにつかわれるようになったそう。そして世間を賑わすセクシーで可愛らしい女性は、「イット・ガール」と呼ばれるようになった。この時代は海外の情報が入ってくるのにかなりの時差があって、マリリンに関しては丸一年ほど後ろにずれている。だから日本ではマリリンは〝一九五三年のイット・ガール〟だ。

だけど日本の映画雑誌はマリリンのことが大嫌いだった。蠱惑的なとろんとした目つき、半開きの物欲しげな唇、お尻を横に振った扇情的な〝モンロー・ウォーク〟。マリリンの作り出した記号的なセクシーさは、強烈な拒否反応を引き起こしていた。「スクリーン」五三年十一月号には、ちょっと目を疑うような特集が組まれている。

〈映画スタアとしてのマリリン・モンロウ　是か？　非か？〉

あなたはモンロウがおいやですか？

お嬢様方はモンロウをきたないと仰有《おつしや》り、お若い男性の間でも見るに堪えないと仰有る方も多い、近頃このスタアほど非難をあびた女優も稀であるが、さて、映画スタアとしてのモンロウ、果して存在無用か？　これはこれで存在価値ありとするか、諸先生方のご意見を拝聴するとしよう

「マリリン・モンロウはフリークである。即ち、片端者の見世物として売り出すであろうとの意である」「単なる馬鹿、単なるエロ」……差別用語満載。いくら昭和が野蛮な時代とはいえ、こんなヘイトスピーチまがいの特集が組まれていたなんて。けれどもこの失礼な特集は、面白い展開を見せる。批評家五名全員が、マリリンを「是」としたのだ。

なかでも興味深かったのは、飯島正《いいじまただし》という映画評論家が書いた評だった。

マリリン本人は出世の道と思ってセクシーさをスタイル化して見せているけれど、そうするとマリリン個人からは離れたものになっていく。ハリウッドは映画をヒットさせお金を生むマリリンに舌なめずりするばかりであり、なぶりものになっているような気がして、他人事ながら余計な心配もしたくなる。ミイラとりがミイラになる危険は十分にある。

これはマリリンのその後を予見するような鋭い指摘。ほかの批評家もマリリンのコ

メディセンスを褒めて「是」としているものの、編集部は特集の最後で、読者に向けてわざわざ「否定の論」を募っていた。

批評家の先生方は是でしたが、読者の中には必ずや「否」とする人も少なくないはず、みなさんの「マリリン・モンロウ否定論」を募集しています、原稿用紙三枚以内に書いて「マリリン論係」までふるってご投稿ください。

なんて粘着質なんだ……。この雑誌を作っている人たちは、マリリンが嫌いで嫌いで仕方なくて、世間も自分たちと同じ意見になるように、なんとしてもコントロールする気なのだ。絶賛炎上中のツイートを見守る心境で、手に汗握って紙をめくる。

編集部に煽られて届いた読者からの投稿が、翌年の二月号に〈マリリン・モンロウ否定論〉として掲載されていた。S市在住のユリと名乗る女性は語気荒く、マリリンをコテンパンにやっつけている。

我ら女性の憎むべき敵は今やGーでもなけりゃ封建オヤジでもない。チンピラ女優マリリンこそそのものズバリなのである。

男の玩具でしかない女、自我に目覚めない女が余りにも多いのは、こうした無知で男を喜ばす事しか出来ないマリリンの様な女優が出て来て音頭を取るからである。男連中は一寸《ちょっと》足りない、何をしても怒らない、触られるのを待っている女の方が、堂々男女同権を主張し実行する女性よりも都合がいゝものだからマリリンを持ちあげるのだ。男の口車、おだてにのって腰を振ったり、流し目を使ったり可哀相なモンロウ。

一九五四年ということは、日本は昭和二十九年。この時代に、ここまでフェミニズム的な考え方を言語化できている日本女性がいたのは驚きだった。

あたしはなんだか興奮してきてベッドから起きあがり、三年生のときにとっていた女性学の授業の教科書を探す。井上輝子・著『日本のフェミニズム　150年の人と思想』。

本によるとマリリン・モンローが登場して世間を騒がせていたこの時代は、日本のフェミニズムの第Ⅱ期にあたる。第Ⅰ期は明治の、雑誌「青鞜」でのイエ制度に対する反旗や、大正の婦人参政権運動など。皮肉なことにこれらの主張は、日本の男たちが戦争に負けたことで叶った。敗戦後の日本を占領したGHQの政策の柱に「婦人解放」があったからだ。第Ⅱ期は敗戦直後から一九七〇年まで、「日本国憲法による男女平等保障の下で」のフェミニズム開花期。そして学生運動ののち、七〇年代からウーマンリブ運動が起こる。これが第Ⅲ期。

あたしはマリリン否定論の投書を読み、第Ⅱ期を生きた女性の生の声をはじめて聞いた気がした。ＳＮＳのない時代、彼女たちはこうやって、雑誌の投稿欄に自分の気づきや怒りを書いて発信していたんだ。あたしはマリリンにここまでムキになっている七十年前の女性と、お喋りしているような錯覚に陥った。

ユリさん待って！　あなたが怒ってるのは男性に対してでしょ？　男の慰み者を演じているマリリンは悪くない！　マリリンは演じているだけなんだから。それも映画会社に押し付けられた役なんだよ⁉　マリリンは自分の夢を叶えようとただ一生懸命に努力して、演じてただけなんだから。十一月号の飯島正先生の批評をよく読んで！ユリさん、あなたにならわかるはず。マリリンが作り出したセクシーな表象でお金を儲けていたのは映画会社の重役どもなの！　マリリンはがんばりを搾取されただけ。〝可哀相なモンロウ〟って、あなたもわかってるじゃない！

彼女は言う。

同性としてたまらなく嫌なのだ。
同じ女の中にあんなのが居るかと思うと恥かしさで一杯だ。男性が女ってどうせあんなものだと思やしないかと考えるから。しかしマリリンに目尻をさげ口笛を送る男性方よ。貴方方はマリリンを奥様にする気がありますか。

そう、そこなの。女性は男性と結婚することでしか生きていけない世の中の仕組みがまずあって、結婚で女性たちは分断される。専業主婦かホステスか。選択権はいつだって男にあって、あたしたちは選ばれる側だ。いじいじと選ばれることを待つだけの、受け身でいることしかできない、社会的に無力な存在。そのことにあなたは怒ってる。だからあなたが怒りを向けるべきはマリリンじゃない。男が作った社会の方なの！　イエ制度が消えてもしぶとく残存しつづけてる家父長制の方なの！

所詮マリリンはバーレスクの見世物的存在に過ぎないのだ。男性の娯楽品の一部なのだ。問題にせず、アカデミー賞でも貰う日が来る迄、彼女を無視していましょうよ、御婦人方。

女性と連帯できるあなたみたいな人がマリリンを吊るしあげるなんてこれは悲劇だ！　お願いあたしの話を聞いて！　いや違う、マリリンの話を聞いて！

もちろんユリさんはうんともすんとも言わない。これがSNSならリプライでやり合えるのに。あたしはユリさんと話したいのに。

マリリン・モンロウ、すばらしいではございませんか。

そこへフジヨさんが突如、助け舟を出した。この春に高校を卒業し、いまは家庭にいるというフジヨさんが現れ、あたしたちの仲裁をはじめた――としか思えないような手紙を、読者投稿欄に見つけた。

十一月号の各先生は流石に彼女の良さを認めていらっしゃいます。皆さんもっとマリリン・モンロウの魅力を充分、謙虚な気持になって声援をお送りいたしませんこと？　私絶対彼女のファンです。

マリリンファンとの文通を切に望みますと、フジヨさんの手紙は結ばれていた。ああ！　送りたい！　この人に手紙を送りたい！　そして二人でユリさんを囲んで、話をじっくり聞きたい。きっとフジヨさんは、主体的にセクシーな魅力をふりまく女性を見ることでエンパワメントされる喜びについて語ってくれるはず。女性が女性アイドルを推す喜び。それはきっと、怒れるユリさんの気持ちを解きほぐしてくれる。肉体的な魅力をふりまく女性を脅威に感じて嫌う必要なんてないんだとわかってくれる。そしてマリリンの内面に目を向けてくれるはず。

ユリさんと同じように、マリリンも自我のある女性だった。怒れる女性だった。あきらかに“woke”。あたしは確信してる。マリリンは完全にフェミニストだ。まだフェミニズムの方が生まれてなかっただけで。

実際マリリンは先駆的存在だった。

アメリカ全土に出回るヌード写真を自分だと認め、恥じてもいないし罪とも思っていないと言い切ったことで、禁欲的だったアメリカを揺さぶった。マリリンの性に対して主体的な態度は、当時のベストセラー、アルフレッド・キンゼイ・著『人間女性における性行動』が与えた衝撃と相まって、「ヴィクトリア朝的ピューリタン倫理主義モラリズム」を打ち壊すきっかけになったという。それがやがて、六〇年代の性革命につながっていく。

さらにマリリンは一九五三年、「モーション・ピクチャー」誌一月号で、#MeToo の先駆けのような告発までやってのけていた。〈私が知ってる狼たち〉と題されたエッセイでマリリンは、これまでに遭遇した性被害を告白している。仕事を餌に密室に呼び出されたり、警察官だからと信頼していた男が夜中に家に侵入しようとしたり。性加害に次ぐ性加害の罠をくぐり抜け、サバイブして女優の夢を叶えた。けれどそれまで出会った男たちはみんな、映画業界の男たちに比べるとかわいいものなのだと、マリリンは書いた。

スターに上り詰めたとはいえ、これを発表するのにどれだけ勇気がいったろう。だけどマリリンのこの告発は、まともに受け取られなかった。かつてセクシュアル・ハラスメントの扱いがそうだったように、軽い笑い話として消費され、雑誌の次の号が出ると忘れ去られた。

性被害を告発するのは勇気がいる。被害そのものからくる肉体的精神的ダメージだけじゃなく、自分が攻撃された側だと認識すること自体、自尊心をひどく傷つけられることだ。この世界で自分が、誰かに損なわれてしまう弱い存在なんだと思い知らされることの痛み。女性であるだけで日常を脅かされ、恐怖心を抱かされた経験は、その後の生活を狭めてしまうほどネガティブな影響を与える。他人からしたら小さな傷に見えても、その人の核の部分にまで到達するほど損傷していることだってある。

あたしはマリリンの気持ちを想像しているうちに、「あっ」と気づいた。ゼミの菊地れいあさんって、まさにこういうことだったんだ。

このあいだ流星くんと話したときの、盗撮被害は性被害のなかでは軽いというニュアンス。あれは間違ってた。

あたしは自分で自分に驚いている。マリリン・モンローへはシンパシーに溢れているのに、目の前で被害を訴えている年下の女の子には、連帯しようとしなかったのだ。

## 行動する後輩たち

「あの、このあと予定とかある？」

ゼミ終わり、菊地れいあさんに声をかけると、

「ありますけど、よかったら瀬戸さんも来ます？」

誘おうと思ったら誘われてしまった。

「え、いいの？」

あたしはなんだか年下の気分ではにかんで答えた。

昼休みで混み合う校内を歩きながら、菊地さんは自分が所属している学生団体についてて説明しはじめた。

「前も誘ってくれましたよね。あのときサークルって言ってたの、実はちょっと違くて。いま友達と学生団体作ろうとしてるんです」

「学生団体？」

「学校に届け出とかはしなくて、自分たちで名乗ってるだけっていうか、ＳＮＳにアカウント作って発信する準備をしてるんですけどね。あ、ほら、そこのテーブルに座ってる子たちと一緒に」

案内されたテーブルにいたのは、三年生の女子二人。

「森エレナです」

琥珀色の瞳をした、たぶん白人とのハーフ……ダブル……いやミックスの子がぺこりと会釈した。

「上坂華《うえさかはな》です」

こっちの子は黒髪ロングで、意志が強そうな目をしてる。

「キャンパス・ハラスメントをなくすための活動できないかなーって、リサーチしたり話し合ったりしてて。海外の大学にはけっこうあるんですよ、そういう学生団体」

「そうなんだ、知らなかった」

「けど、正直なにから手をつけたらいいかわかんないんですよね。そのくらい問題が山積みで。どんなテーマで取り組むとより意味があるか、考えてるとこなんです」

「瀬戸さんはどう思います？」

菊地さんはあたしに投げかけた。

「大学でのハラスメントってたとえば、体育会系のサークルが飲み会で女子にレイプドラッグ盛って暴行するとか、そういう問題？」

「あーそれはまあ、問題っていうかガチな犯罪じゃないですか。うちらは犯罪としては裁けないような身近なハラスメントを、もっと見える化したり言語化したりすることで、意識を変えていけないかなーと思ってて」

「たとえば、教授たちにもハラスメント講習を受けてもらうとか」

「教授に⁉」

「はい」森エレナさんは真顔で言った。

「教授たちがみんな昭和の感覚なのキツくないですか？　私のこと素でハーフって言ってくる先生とか普通にいるし。なんてことない言葉に古い価値観が透けて見えて、全然尊敬できないんですよね」

上坂華さんがさらにこうつづける。

「私が去年受けてた一般教養の授業、女性の教授だったんですけど、大学にいるうちに結婚相手を見つけておくと、婚期を逃さず子供も産めるし効率のいい人生を送れるって言ってて。そういう話はちょっと違うと思うってチャットで発言したら、実体験から学んだ教訓だからハラスメントではないって言い逃れされて。たとえ実体験から得た教訓をうちらのために言ってるつもりだとしても、大学生のうちに恋愛しろって強要してることになるし、それってセクハラなんだってこと、全然わかってなくて。ほんと、さり気ない言葉にめっちゃ詰まってるんですよね、古い価値観が」

菊地さんがこう補足する。

「ジェンダー規範の押し付けを垂れ流してる教授の授業は抗議のつもりでさっさと切ってたけど、なんでこっちが単位を落とされる形にされなきゃいけないんだろうって。ボイコットの意味合いで処理できるよう大学に掛け合うとかどうかなーって考えたりしてます」

「あと、Google Formsでアンケートとってみようかって話もあって」

森さんが前のめりに言った。

「性暴力を受けたことがあっても、訴えてない人はたくさんいますよね。大学構内での盗撮被害とか、つきまとい行為とか、同意のない性行為とか、そういう事案がどのくらい起きてるのか、アンケートで可視化するところからはじめてみようって」

「とにかくうちの大学、遅れてんだよね」

菊地さんはスマホになにか打ち込み、こちらに画面を向けた。

「大学、盗撮で検索すると、こんなに出てくるんです」

「だけど、国は摘発に動かないんですよ」

「ダメすぎる」

「ほんと日本終わってる」

ＳＮＳで目にしては「いいね」を押していたような会話が、目の前で交わされてる。

「瀬戸さんて、卒論にマリリン・モンロー取り上げるって先週言ってましたよね?」

「うん」

「それってマリリン・モンローのどんなところに惹かれたんですか?」

「どんなところ……」

あたしは斜め上をぼんやり眺め、少し考えて言った。

「誤解されてるところ」

あぁ～。全員がため息で納得している。

「昔の雑誌をリサーチしてて気づいたんだけど、マリリンってすごく似顔絵になりやすいの」

「あーわかります」

森さんが言った。

「こういう、トローンってした流し目と」

「ほくろ！」

上坂さん。

「でしょ！　マリリン・モンローって別に世代じゃなくても、なんかイメージ浮かぶよね？　昔の雑誌のお便りコーナーにいろんなスターの似顔絵が載ってるんだけど、正直ほとんど似てないっていうか、名前を書いておいてくれないと誰だかわかんないような、ぼやーっとしたイラストばっかなの。けど、マリリンだけは完全にマリリンで。目つきと、ぽかんって半開きの口元と、ブロンドの髪、あとほくろの位置、胸の開いたドレス。誰でも描けるんじゃないかなってくらい、マンガみたいに特徴的で。でもその特徴って、マリリン自身がセルフ・プロデュースして生み出したキャラクターなんだよね」

「あーそっか。これセルフ・プロデュースなんだ」

菊地さんがスマホで画像検索しながら言った。

「うん、だけどそれがセクシーな記号としてあまりにも完璧だったから、本人と混同されて、イメージが本人を侵食していったんじゃないかなぁって。もしかしたら世界中にずーっと誤解されてるのかもって思ったら、知りたくなったんだよね、マリリン・モンローのこと」

「えー卒論楽しみです」

「ありがとう」

そんなふうに言ってくれる人がいるなんて、天にも昇る心地だ。あまりにも気持ちよくて、あたしはさらに滔々と語った。

「マリリンって、アメリカでウーマンリブが起こる直前に死んでるんだよね。ベティ・フリーダンの『新しい女性の創造《フェミニン・ミスティーク》』が発表されたのが一九六三年なんだけど、それね、マリリンが死んだ次の年なの。もしマリリンがあともう少しだけ、せめてウーマンリブの時代まで生きてたら、きっと救われたんじゃないかなって。セックス・シンボルじゃなくて、フェミニズム・アイコンになってたんじゃないかなって」

おぉ～。みんな感嘆の声をあげた。

セックス・シンボルのイメージをフェミニズム・アイコンに。話の流れで出た言葉に、自分ではっとする。卒論の方向性がちょっと見えてくる。

「それすごい感動しますね」

「えーなんかNetflixでやればいいのに。歴史改変もので、マリリン・モンローが七〇年代にグロリア・スタイネムと雑誌作るとか」

「グロリア・スタイネムって実は、マリリンの本書いてるの！」

あたしは小鼻を膨らませて言った。

「やっぱり思ったみたいなんだよね、フェミニズムでマリリンを救うことはできなかったのかって。みんな同じこと考えるんだよ」

うんうん。女子たちは神妙にうなずく。

それからあたしは、昔の映画雑誌で見つけた、ヘイトスピーチまがいのマリリンへのバッシング記事などについて語りまくった。あたしは変なクスリでも飲んでしまったみたいに恍惚としてる。お喋りがこんなに楽しいなんてはじめて知った。お喋りはドラッグだ。完全に合法のドラッグ。もやもやしていた気持ちはいきなり晴れわたり、全員で笑い飛ばせば胸がすいた。ああ、あたし、これを求めてたんだ。こういう仲間が欲しかったんだ。

喋るうちにだんだん喉が痛くなってきて、あたしは我に返り、はたと気がついた。話の通じる相手にこんなふうに喋りまくって、自分がずっと考えてきたことを話すのはめちゃくちゃ気持ちいいけど、なんだか自分の中からエネルギーがするする消えていくようだった。氷が解けて水になるみたいに、あたしの中にある怒りの核みたいなものが、あまりの気持ちよさに溶け出していく。奪われていく。

あたしは慌てて言った。

「ごめん、なんか喋り過ぎた」

「えーそんなことないですよー」

菊地さんたちは口々に言うけど、敬語だ。同い年だけでタメ語で、わいわいやれる方が楽しいに決まってる。

「あたしもう行かないと」

ほんとは予定ないのに。

「じゃあまた来週、ゼミでね」


夕方のドトールの丸テーブルでノートPCを開き、あたしはおもむろに、ずっと書けなかったエントリーシートのガクチカ欄を埋めた。

「私が学生時代に力を入れたことは、大学構内で起こるハラスメント撲滅のための学生団体を設立したことです。きっかけは、友人がキャンパスで盗撮被害に遭ったことでした。友人たちと共にSNS上にアカウントを作り、積極的に啓発活動を行い、またアンケート調査を通して、大学構内で起こるハラスメント行為を見える化しました。学生たちのハラスメントへの解像度が上がる一方、教職員の中にはマイクロアグレッションを続ける方も多く、この活動を通して、双方の溝を埋める提案をすることができました。現状を把握し、問題点と改善点を探り、提案し、発信する。この経験は、あらゆる場で活かせるものに違いないと思っています」

就活サイトのテンプレを下敷きにしながら、スラスラ嘘が書けてしまって、自分でも慄く。Deleteキーを押そうと中指を伸ばすけど、あたしはこの文章を消せなかった。だって就職できなくてフリーターになったら、奨学金の返済すらままならないし。ママもがっかりするだろう。人生終わる。どうせ正直に書いたところで、見栄えのしない凡庸な履歴書にしかならないことはわかってた。だったらせめて一社だけでもこのエントリーシートを送って、どんな反応が返って来るか、試してみたくなる。

## マリリンの反逆

マリリンは誰も予想できないほどの人気を獲得した。ショボい契約にサインした新人女優が、異例のスター街道を歩み莫大な興行収入をあげるようになったことは、映画会社にとってはほくそ笑むようなサプライズであり、契約を見直して妥当な給料を払う気など彼らにはなかった。

固定の週給から税金を引かれ、個人的に雇っているスタッフに給料を払えば、マリリンの手元にはなにも残らなかった。タイトなスケジュールで忙殺され、適切なケアもされず、マリリンの不満は活火山のマグマみたいに溜まっていく。問題はお金だけじゃなかった。出演作品の脚本すら事前にチェックもさせてもらえないのだ。

スタジオ側はマリリンの意志なんて無視して、彼女のセックス・シンボル的なイメージをひたすら搾取していく方針だった。世界一の有名スターとしてスクリーンの中できらきら輝いていても、その実態は、人権ゼロの奴隷状態。権力者男性たちに支配されているに過ぎなかった。マリリンは誰からも守られていなかった。重役たちが勝手に決めた次回作で、マリリンはストリッパーの役を演らされることに決まっていた。

年が明けた一九五四年一月四日、新作映画のクランクインが予定されていた。しかしマリリンはスタジオに現れなかった。ボイコットしたのだ。そしてマリリンはジョー・ディマジオと結婚した。東京に新婚旅行にやって来た二人を日本のマスコミが追いかけ回していたそのとき、マリリンは実質、失業状態だった。


ジョー・ディマジオは飛行機のタラップを降りた瞬間から、自分がマリリン・モンローの添え物扱いなのに嫌でも気づかされた。カメラのレンズは終始マリリンを狙い、インタビューでも日本のマスコミはマリリンを質問攻めにする。まだセクシュアル・ハラスメントの概念すらない時代、セクシーを売り物にする女優への質問は容赦がなく、「ベッドではなにを着ますか?」なんていうくだらない質問も平気で飛んできた。

「シャネルの5番よ」

マリリンの機転の利いた返答に、記者たちがわっと沸いた。

日本への渡航はもともとディマジオに来た仕事だった。現役こそ引退していたが、彼はアメリカの国民的ヒーローであり、マリリンは新妻として同行したに過ぎない。なのに彼女は自分よりもはるかに知名度も人気もあって、マスコミに熱狂的に迎えられ、大衆から愛されている。そのことを目の当たりにし、ディマジオは腹を立てた。

旅程の後半、マリリンにばかり注目が集まるのを嫌がったディマジオは、妻を帝国ホテルの部屋に押し込め、自分だけ地方巡業に飛んだ。

あのマリリン・モンローが東京で暇を持て余しているらしい。

その情報をつかんだアメリカ極東軍司令本部は、すかさず朝鮮に駐屯している軍への慰問を依頼する。マリリンはディマジオの反対を押し切って軍用機に乗り、休戦中の朝鮮半島に発った。

四日間あちこちの都市を移動し、ステージを十二回もこなした。極寒の、ときに雪もちらつく冬の朝鮮半島。紫色のキャミソールドレスで野外ステージに登場したマリリンは、歓声をあげる何万人という若い従軍兵士の前で、主演作のミュージカルナンバーを歌い上げた。

そんな経験ははじめてだった。普段は客の前ではなく、カメラの前に立つのが仕事。撮影現場でのマリリンはいつもビクビク怯えきっていた。極度の緊張症で、ストレスから肌には赤い斑点が浮き上がった。スタジオにこもってひたすらライトを浴び、覚えたセリフを言うばかりの生活が数年つづいていた。

それがいま、何万人という聴衆が、彼女に歓声を送っているのだ。その素晴らしい眺めは、自分が正真正銘の大スターであることを、その目で確かめる体験となった。

それから半年ほどが過ぎた九月。

今度は、マリリンの主演映画『七年目の浮気』のニューヨークロケに、ディマジオが同行した。白いホルターネックドレスを着たマリリンが、レキシントン・アベニューの地下鉄の通気孔の上に立ち、風にスカートを巻き上げられる。そのたび、二千人とも四千人ともいわれるオーディエンスがいっせいに卑猥な歓声をあげ、キャットコールめいた指笛が鳴らされた。撮影は深夜までつづけられたが、実際は映画の本編にそのフィルムが使われることはなかった。ロケの目的はただの宣伝だったのだ。白いショーツを露にし、群れをなす男たちに晒されたマリリンのあられもない姿が、翌日の新聞に載った。

自分の妻が慰み者として扱われているのを見て、ディマジオはまたしても激怒した。監督に対して？　映画会社に対して？　いや、ディマジオの怒りの矛先はマリリンに向けられた。妻を酷い目に遭わせた男たちではなく、彼は酷い目に遭った自分の妻を責めた。

マリリンは度々、痣を作って現場に来たという。以前からDVを受けていたともっぱらの噂だった。世界的スターになり、映画会社を大儲けさせる功労者となっても、重役たちはマリリンを軽視し、給料も上げず、契約を盾にひたすらこき使おうとするばかり。そんな状況から逃げ込んだ先でまた、こんな目に遭う。結婚は、マリリンを守ってくれるものではなかった。マリリンはハリウッドに戻るなり離婚を申請した。

そして一九五四年十一月のある晩、彼女は再びニューヨークへ飛んだ。

黒髪のウィッグを被り、ゼルダ・ゾンクという偽名を使って。

瑛子にアドバイスをもらったとおり、あたしは英語で書かれた新しいマリリン本を探した。マリリンがマンハッタンで過ごした年に焦点を当てた『マリリン・イン・マンハッタン』を電子書籍で買い、わからないところは翻訳アプリを使って訳して読んだ。そこには、これまで読んだどのマリリン本とも違う、生身のいきいきしたマリリンがいた。

マリリンは、社交ばかりして派閥を作ることに忙しいハリウッドの人間関係にはまったく馴染めなかった。おそろしく内気で繊細で、本だけが友達。駆け出し時代、書店に掛売の口座を開き、欲しい本をツケで買っていたという。新進女優たちの、ゴシップと悪口ばかりのお喋りには加わらず、スタジオの隅っこで静かに本を開くことを好んだ。トマス・ウルフの『天使よ故郷を見よ』、ソローの『森の生活』、カリール・ジブランの『預言者』。撮影現場ではよそよそしい態度で過ごし、合間にはいつも本を抱えてどこかへ消えてしまうと、スタッフからは奇異の目で見られていた。

大スターになっても、マリリンには〝権力《パワー》〟というものが不思議となかったという。売れれば売れるほどスケジュールが過密になるだけで、どんどん疲弊していく。絶え間ない出張と夜明け前の呼び出しが繰り返され、心身はみるみるうちに擦り切れていった。偏頭痛と不眠症に悩まされ、鎮痛剤をがぶ飲みし、ビタミンBを大量に注射される日々。そのうえ撮影現場ではいじめが横行していて、マリリンは特にその標的にされがちだった。

なかでもオットー・プレミンジャー監督からは酷い仕打ちを受けたそうだ。『帰らざる河』の撮影では、監督はマリリンをさんざんからかい、侮辱し、物を投げつけては罵倒し、しまいには川で危険なスタントをやらせた。マリリンは脚を怪我して夏中、松葉杖をつく羽目になった。

権力は常に男たちにあった。オットー・プレミンジャーも20世紀FOXの重役ザナックも、写真で見る限り、まったく同じタイプのおじさんだ。なんでも自分の思い通りになると思っていて、実際すべて思い通りにしている、権力者男性というモンスター。二十代のマリリンは、こういうおじさんたちを相手に仕事をしていたのだ。

だからこそ、ミルトン・H・グリーンという若い写真家が現れたとき、マリリンはやっと同志と出会えたとほっとしたんだろう。彼はマリリンの四つ年上で、二人が並んだ写真を見ると、背丈もそう変わらず、なんだか兄妹のような雰囲気がある。ただし出自は真逆だ。西海岸に人生のすべてがあるマリリンに対し、ミルトンはアメリカ東海岸カルチャーで育った。コネティカット州に構えた自宅は一八世紀の馬小屋を改造したカントリーハウスで、マンハッタンにも拠点を持つ売れっ子だった。若くして雑誌「ルック」の専属カメラマンとなり、数々の大物俳優のポートレイトを撮影。ヨーロッパ的な芸術センスを感じさせる彼の写真をマリリンが気に入って、自分も撮ってほしいと依頼するようになった。

ようやく話の通じる相手と出会えた喜び。人間の心を持った男性もいるのだという安堵。スタジオで孤立していたマリリンにとって、ミルトンはやっとできた味方だった。二人はフォトシューティングを重ねながら、ある計画を練っていた。それは、俳優を奴隷契約に縛り付けて搾取する映画会社から自由になり、自分たちで独立プロダクションを興すというもの。

その名も、マリリン・モンロー・プロダクション!

あたしは本を読みながら、マンハッタンのマリリンを想像する。

ハリウッドから逃亡し、ニューヨークの街並みを歩くマリリンを。アクターズ・スタジオでほかの受講生に紛れ、真剣な顔で演技の勉強に励むマリリン。〝メソッド〟という新しい演技法を知り、魅了されていくマリリン。クラスを終えると同年代の友達とバーに繰り出して、青春を取り戻していくマリリン。それから思う存分、彼女は本を読む。ハリウッドではバカにされた読書も、ニューヨークでなら誰も変な目で見てこない。マリリンはセントラルパークのベンチで、バーで、ホテルの部屋で、気ままに本を開く。夜、たっぷりの泡風呂で体を癒やしてから、バスローブ姿でベッドに寝転がり、ゆったり本のページをめくるマリリンを想像すると、あたしはとても幸せな気持ちになった。マリリンは本を読みながら時折、気に入った言葉を書き留めたりする。詩も書く。そういった時間が、マリリンを満たしていく。

学生生活を満喫するマリリンを、心の底から羨ましく思った。あたしも大学生活をやり直したかった。コロナでオンライン授業だった丸二年をなかったことにして、もう一度最初からやり直したかった。外で読書したり、美術館に行ったり、友達をつくったりして、世界を広げたかった。

ここではない別の場所で。もっと希望の持てるどこかで。

## 旅をしたことはありません

インスタをぼんやり眺めていて流れてきたリール動画が目に留まる。コアラを抱っこした女性が、こちらを振り向いて微笑みかけている。伊東さんの投稿だった。

伊東莉子さんは去年まで松島ゼミで一緒だった一つ上の先輩だ。ジェンダー学専攻なのにアンチフェミという厄介な人で、なんならそれをかっこいいと思ってるみたいだった。病的なくらい色白で、いつも人を見下してる「は？」みたいな目つきで、ゼミでの発言もいちいち攻撃的だった。グループでお喋りすることはあっても、一対一で話したことはほとんどない。

その伊東さんがインスタに上げた写真や動画を、あたしはまじまじと見た。すっかり日焼けして、別人のようにヘルシーで快活。大学時代には見たことのなかった無邪気な笑顔を弾けさせている。これ本当に伊東さん？　あたしは我が目を疑った。果たしてこれは同一人物なのかと首を傾げながら、半信半疑で「いいね」を押した。スクロールして投稿を遡る。全体に画面が青っぽい。映っている景色の大半が、空と海なのだ。全然そんなイメージの人じゃないけど。ストーリーズの投稿にもハートをつけて、あたしは一言、「楽しそうですね」とコメントを送った。すると翌日、伊東さんからＤＭに返信が来ていた。

〈元気～？　久しぶりだね！　って言っても半年くらいか。そっちはどう？　四年生だよね？　就活と卒論はかどってる？　わたしは三ヶ月で会社辞めて八月からワーホリでオーストラリアにいるよ。こっちめっちゃ楽しい！　野生のカンガルー見た！〉

そのテンションもまた、ゼミで一緒だった伊東さんとは結びつかなくて、あたしはどう返信していいのかすごく戸惑った。けど、既読をつけてしまったからにはなにか書かなくちゃ。

〈お久しぶりです。ワーホリとかオーストラリアとかうらやましい！　写真見てびっくりしました。どれも素敵だ〜。ていうかお仕事辞められたんですね、知らなかったです。こちらは就活、だいぶ苦戦してます。売り手市場って言われてますけど始めるのも遅くてまだ内定ひとつも出てないので、かなりやばいです。卒論はまあなんとか。これから年末まで時間かけて取り組もうと思います。アンケート調査とか、ちょっと不安ですが〉


〈相変わらず真面目だな杏奈はｗ〉

〈そうそう、保険会社ね、辞めちゃったんだ。仕事つまんなかったし、入った途端にやべー不祥事あって、上司たちの嫌なところたくさん見て、ほんときつかった。社員全員、心死んでる感じでね。こっちまで病みそうになっていろいろ考えさせられた。ずっとこんなところで働いてたら、わたしもああなるのかって思うとね。大した給料じゃなかったし、辞めてほんと正解だった！　ワーホリ、いつか行きたいなーとは思ってたんだけど、思いきって来てよかったよ。なんか毒が抜けたって自分でも思うｗ〉

〈たしかに、もしかして別人かもって、ちょっと思ってました〉

〈こっちすごいんだよ。みんな優しくて、大らかで。オージーの性格の良さに感化されまくってる。まだ来て二ヶ月ちょっとだけど、いろいろ勉強になったよ。人種差別もあんま感じないし、みんなのびのびしてる。ＬＧＢＴＱの人も普通にオープンにしてるしね。なんも引け目に思ってないって感じで気持ちいい。日本にも本当はこのくらいＬＧＢＴＱの人がいるのかもって考えると、かなり窮屈な思いしてるんだなーってことがわかる〉

〈え……あの……伊東さん、そういうの嫌いって思ってました。なんなら反ＬＧＢＴＱのイメージで見てました〉

〈まあね（笑）。わたしもだいぶやべーやつだったかも。ジェンダーの勉強してたけど、なんかずっと腑に落ちなくて、正論ばっか言ってこられる感じにイライラして、逆張りしてたっていうか反抗心っていうか。こっちに来たらこっちの常識にそっこうで染まってる〉

〈そうなんですね。よかったです。そんな変わるもんなんですね〉

〈わたしも驚いてる！〉

〈お金ないので行けないですけど、遊びに行きたいです〉

〈どっちだよ！〉

〈お金は本当にないんですよ（泣）〉

〈飛行機、ＬＣＣだと数万で来れるよ。あと、ワーホリけっこう稼げるし。わたしは語学学校行って、週末ちょっとだけレストランでバイトしてるけど、それでも手当があるしチップもくれるから。日本の平日フルタイムじゃね？　ってくらい稼げてる。あと、出稼ぎ目的の日本人多くてびっくりした。円安だしね。ま、卒業旅行とかでよかったらおいでよ。案内する〉

〈はい！　ありがとうございます！〉

ゼミの先輩との、気を遣いながらのＤＭ会話。行ける当てもないのに行きたいなんて言って、楽しそうに会話を弾ませる。海外にリアルに行くなんて考えたこともない。そもそも旅行なんてほとんどしたことない。きっと伊東さんちは実家が太いに違いない。会社をあっさり辞めてワーホリに行くなんて発想、うちみたいな家庭の子からは逆立ちしても出てこない。資本の差を見せつけられてへこむ。

人生うまくいってて幸せそうな伊東さんが眩しくて、逆にダメージを喰らって、ますます落ち込んだ。

久々に流星くんに会ったとき、来週旅行会社の面接なんだと言ったら、すごい勢いで狼狽《うろた》えだした。

「ちょちょ、待って、なんで急に旅行業界狙った？　旅行業界なんてコロナ食らってイメージ地に落ちてなかった？　……でもなぁ、あ〜そっかぁ、インバウンド回復してんのに人手不足って言ってるもんなぁ、うわあ〜そっちだったかぁ〜」

流星くんは頭を抱えながら煩悶し、ちらりと上目遣いであたしにたずねた。

「ちな、旅行業界狙い目って情報なにで知った？」

「Twitter」

反射的に口から出たあとで、かき消すように「X」と言い直す。

#24年卒の就活アカは、あたしと同じように就職活動に出遅れた人たちが、痛々しいくらいつながりを求めていた。本垢でやってる人は皆無の、臨時に作ったサブ垢ばかり。彼らはみな一様に、業界もまだ絞れてないですと涙を流した絵文字で窮状を訴えながら、誰かが有益な情報を落としてくれることを期待していた。

あたしは検索するうちに、すでに内定が出て余裕そうな大学生のポストを見つけた。旅行業界はコロナで人を減らしたり何年も新卒採用を見送っていたから、そろそろ多めに採らないとやばいのでは？　と予想していて、たしかにそうかもと思い、まだ募集をかけているところに、あのエントリーシートを送ってみた。

流星くんは、自分より就活に苦戦していると思っていたあたしに先を越されるのは許せないらしく、「ずりぃずりぃ」を連呼する。あたしは「まあまあ」となだめすかす。エントリーシートになにを書いたか訊かれ、「旅行に関わる仕事をすることでコロナで行けなかった分を取り戻したいですとか、コロナによって旅行のありがたみがわかりましたとか」とこたえると、

「あーほら！　それずりぃ！　なにその情に訴えかける作戦！」

流星くんは子供みたいに、なりふり構わずこちらを責めた。早くから就活をはじめていたのに、まだ内定が一つも出ていないうえ持ち駒が尽きたらしく、このところ本当に余裕がなさそうだ。

就活はどこか、沈没船の救命ボートみたいだと思った。みんな一刻も早く乗って安心したい、けど全員は乗れないことはわかっていて、誰かが必ず溺れる運命にある。人生がかかっているから恥も外聞もなく奪い合って、他人を蹴落として、我先にボートに乗り込もうとする。自分さえいい思いができればそれでいいというのは、ヒトの本性でもあるんだろう。その本性を隠しておけたころが懐かしい。あたしもずっと、

あのエントリーシートの嘘がバレたらどうしようと、犯罪者の気分でビクビクしてる。

就活は、なにをどうしたって傷つけ合ってしまう。流星くんのことを傷つけたいわけじゃないのに、傷つけてることも嫌だった。菊地さんたちの活動を騙《かた》って面接までしれっと進んでる自分も嫌だった。まだなにも得ていないのに、もう保身に走って、なにかを失くしはじめてる。社会に出て働きだすと、こういう感じが普通になっちゃうのかな。

「あーあ、ＡＩが決めてくれたらいいのに」

思わずあたしはこぼした。そうしたら、こんな揉めないのに。

いまのスピードでＡＩが成長したら、遅くとも二十年後には会社の人事はみんなＡＩが担当しているはず。生まれたときからのスペックをもとにポテンシャルを見抜いて、会社との相性も完璧にマッチングして、全部決めてくれる。早くそうなってよとあたしは思った。

「ＡＩかぁ〜」

流星くんは全然違う受け止め方をしたみたいで、「ＡＩに取られない仕事って考えたら、運送とか大工とか、ガテン系もアリかもな」なんて言う。そういう意味で言ったんじゃないんだけどなと思うけど、訂正するのも気まずいんで流して、そっちの話題に合わせた。

「流星くんそういうタイプじゃなくない？」

「まあそうだけどさあ」

「リモートワークがマスト条件だって言ってたじゃん」

「そこにこだわってたからこのザマだし」

それからＥＳ対策に話が飛んだので、英語に自信があると書いたことを話した。

「マジで？　大嘘じゃん」

「嘘じゃないです。話すのは無理だけど、読む方はなんとか」

流星くんは人を疑うような目だ。

「俺、瀬戸さんがそんな世渡り上手とは思わなかった」

世渡り上手って全然褒め言葉じゃないよ、と言いたいのをこらえて、流星くんを慰めるつもりで言った。

「あたしさぁ、海外行ったことないんだよね」

「それ俺もだし」

「飛行機にも乗ったことないんだよね」

「俺もだから」

あたしたちは目を見合わせて笑った。

## 二〇二三年の夏は狂ってた

今年の暑さは完全にどうかしていた。

東京では七月六日から九月七日までの六十四日間、ずっと三十度以上の真夏日が続いて、三十五度を超える日もしょっちゅうあった。猛烈な日差しの中、リクルートスーツを着てパンストを履き、黒いパンプスに黒い鞄で電車に乗った日のことは、トラウマみたいになってる。

生理中でお腹が痛くて、薬を飲んでも全身が怠くて怠くて、しかも寝坊したせいで朝八時台のラッシュに駆け込む羽目になったあたしは、電車の中で痴漢に遭った。首筋に息を吹きかけられ、固いものを押し付けられ、腰に手を回された。快速列車はなかなか止まらず、何駅も耐えつづけ、ようやく扉が開くと、人を掻き分けて外に飛び出た。犯人の顔を見たくなくてうつむき、突き飛ばされながら立ち止まって、周りから人がいなくなるまでじっとしてた。

なんで今日なの。なんで今日痴漢に遭うの。あいつなんなの。死ね。死ね。死ね。

ただでさえ具合が悪くて気持ちもずたずただったから、とてもじゃないけど立て直せなかった。あたしは面接に行くのを諦め、下りの電車に乗った。

シートに腰を下ろして、これで卒業後はフリーター確定だなって思う。エントリーシートに嘘を書いた罰なんだと思って自分を納得させようとする。そんなふうに考えるのはよくないとわかってても、そう思うことしかできない。自分がダメだからと思うより、ずっとマシだった。

九月半ばに後期授業がはじまったものの、単位は取り終えているので履修登録はほとんどしておらず、隔週でゼミに出席するくらいしかやることがない。ワクチン接種会場のバイトにはいまも時々行っていたけれど、暇だねってみんな言ってる。街でもマスクをしてる人は多いけど、コロナのことなんて忘れたみたいに振る舞ってるし、ニュースでも不自然なくらい感染者数のことは触れられなくなった。ノーマスクの人たちは、ウイルスに怯えていない自分たちを強者だと思ってるみたいだ。あたしは正直もうコロナなんてどうでもいいけど、顔を隠してる方が気が楽だから、外に出るときはマスクをつけた。

二〇二〇年はあんなに怖かった新型コロナウイルスも、別に特効薬ができたわけでもないのに、四年経てばここまで慣れて、怖くなくなってる。コロナはもう完全にオワコン。そうなってくるとあたしは、むしろ二〇二〇年の非日常を懐かしく思い出した。

世界中の時間が止まった。あり得ないことが起きたんだから、どんなことが起きてもおかしくなかった。東京で孤立してたあたしにマリリンが降臨した。そういうこともあるかもって信じられた世界線だった。でも時計の針が動き出した世間を眺めていたら、もうあんな奇跡は起こらないんだと思い知らされた。

日常生活がコロナ前みたいになってることが、あたしをどうしようもなく鬱屈させる。緊急事態宣言下での緊迫した日々、社会への怒りに駆られていた日々を経て、いまはなんだか、すごく無だ。コロナがなかったことになりつつある。

みんなは躁状態で、いまを生きてた。飲み会、ディズニー、推しのコンサート。あたしは人々の動向をインスタのストーリーズで眺める。顔見知りも、知り合いの知り合いも、インスタでしか知らない人も、みんな残り少ない青春の時間を満喫しようと次々ＵＰしてる。あたしはスマホにイラついてアプリを閉じ、マリリンの本に戻った。相変わらずマリリンだけがあたしの心を平穏に保ってくれる。というよりあたしのマリリン依存が、だいぶ深刻だった。


深夜、むしむしと暑くて寝つけない。窓を開けたいけど性犯罪のリスクを考えると怖くて無理。電気代が高過ぎてエアコンはつけたくない。けど寝てる間に熱中症で死にたくない。仕方なく起き上がって扇風機を〝強〟にして、冷凍庫から保冷剤を出す。熱をもった体のあちこちに保冷剤をぺたぺた押しつけて冷やした。

おでこに保冷剤を載せて目を瞑っていると、いろんな考えが浮かんでは消える。マリリンが撮影現場で監督に侮辱されたり、セクハラされたりしているのを、まわりの人たちはどんな気持ちで見ていたんだろう、とか。なにを入れても味を誤魔化せなかったと書いてあった、すり潰したレバー入りのトマトジュースはどんな味だったろう、とか。

あたしは目を閉じたまま、一方的にマリリンに話しかけた。

マリリンあのね、あたしあれからマリリンのことたくさん調べたんだよ。マリリンはすごい人だった。ただの有名人じゃなくて、闘ってる人だった。ヒーローみたいだった。だけどそのことはほとんど知られてなかった。

あのね、あたしマリリンのこと尊敬してる。努力して夢を叶えて、ハリウッドスターになった。でもその世界がおかしかったら、ちゃんとおかしいって声をあげて、変えようとした。ハリウッドはね、二〇一七年にやっと変わりはじめるの。マリリンは一人で闘ってたけど、今度はたくさんの人が声をあげた。マリリン、時代の先を行くのは大変だったでしょ？　誰もついてこないのはさみしかったでしょ？　生きてる間はちゃんと評価されなかったし、存在を軽く見られてた。あざけられるのは、嫌なもんだよね。ね？　マリリン。マリリン。

あたしは気が済むまでマリリンに話しかけると、むくりと起き上がり、机に向かってノートＰＣを開いた。まばゆいブルーライトがあたしの顔を照らす。新規ファイルを開いて、文字を打ち込んでみる。なんでもいいから書いてみる。ずっと文献を読んでインプットするばかりで、論文なんてどこから手を付けていいかわからなかったけど、とにかく書いてみる。手を動かす。ほかのことは忘れて、話の合う友達に考えをぶちまけるみたいに、書いて書いて書きまくる。キーボードを叩く手が追いつかないくらい、言いたいことが溢れ出てきて指がもつれた。

卒業論文
セックス・シンボルからフェミニスト・アイコンへ
マリリン・モンローの闘い

序論
マリリン・モンロー（一九二六―一九六二）は、主に一九五〇年代にハリウッドで活躍した映画俳優である。『紳士は金髪がお好き』『七年目の浮気』『お熱いのがお好き』などの代表作で演じた役柄のイメージによって、現在にいたるまで半世紀以上の間、「セックス・シンボル」と称されてきた。性的魅力があり、性的魅力によって人気を得る人物を指すこの言葉は、いまだマリリン・モンロー本人と同義的に使われることも多く、世界中にそのイメージは拡散し、共有されている。
しかし実際のマリリン・モンローは、「フェミニスト・アイコン」ともいえる、革新的な人物だった。

一つは、彼女が性的虐待からのサバイバーであること。

貧困家庭に非嫡出子として生まれ、宗教的に厳しい里親に引き取られ、一時的に孤児院にも入れられる等、非常に過酷な少女時代を送るなかで、マリリンは性的虐待を受けたことを告白している。また、モデル活動を経て映画俳優を目指す過程でも性被害を受けた。不本意なヌード写真を撮影され、本人の知らない間にそれが商品化されて全米に広まり、スキャンダルに発展したこともあった。映画業界では「キャスティング・カウチ」と呼ばれる枕営業が常態化しており、性被害はつきものだった。まだフェミニズムの概念が確立していない時代、女性の性被害が軽視される世の中でマリリンは、数々の性被害を告発する文章を雑誌に発表している。これは #MeToo の先駆けともいえる勇敢な行動である。

二つ目に、映画会社が一方的に結んだ契約に屈せず、その改善を求めて声をあげ、徹底的に反抗した点が挙げられる。

当時は大手映画会社の重役たちが強大な権力を握り、俳優たちは年季奉公ともいえる隷属的な契約を結ばされていた。しかしマリリンはこれに強く抵抗。撮影をボイコットするなどの強硬手段を経て、約一年間ニューヨークへ拠点を移し、弁護士を介してスタジオ側と交渉を重ね、裁判に勝利している。その後、マリリンは賛同者ミルトン・グリーンと共に計画していた独立プロダクション〈マリリン・モンロー・プロダクション（ＭＭＰ）〉を設立、契約の見直しに漕ぎ着けた。これは少数の大手映画会社が寡占《かせん》していた当時のハリウッドにおいて、大組織を相手に個人が勝利を収めた稀有な例であり、その後の映画製作に影響を与えたと言われている。

マリリンはこういった数々の革新的な行動に出て、業界の悪しき慣習を打破するために闘ったが、そのことは一般的には知られていない。むしろ、不本意な役柄で出演した映画によって、"Blonde bombshell" "Dumb Blonde"(いずれも「金髪のおバカさん」の意)といった女性蔑視的なステレオタイプのイメージを担わされつづけている。本論ではこれを、広義のセカンドレイプにあたる状況と考える。

マリリン・モンローが一九六二年に他界したのち、六〇年代後半からアメリカでは本格的にウーマンリブが盛んになり、女性にまつわる価値観は大きく変わっていった。また二〇一七年に起きた #MeToo 以降はとくに、映画業界の性差別的な慣習を改めようとする動きが続いている。これまでの白人男性至上主義的だった評価軸が大きく変わり、低い評価に甘んじてきた女性映画人や作品が、新たに注目されはじめている。

本論はマリリン・モンローの存命中の数々の行動から、もし彼女が一九六二年以降も生きていたら、おそらくウーマンリブの賛同者になったのではないかと推測するものである。彼女はその知名度を活かし、「フェミニスト・アイコン」となり得る活動を行ったのではないか。それらの活動を通して、「セックス・シンボル」という女性蔑視的なイメージを書き換えることに成功したのではないか。またそのイメージの大ないかと考える。

転換は、マリリン・モンロー個人にとどまらず、女性運動全般に影響を与えたのではないかと仮定し、考察する。

第一章では性被害、第二章では搾取的な契約という視点から、まず「告発者としてのマリリン・モンロー」を考察する。文献調査を通して、被害者の立場に甘んじることなく、知名度を活かして告発者になったマリリンの行動を明らかにする。そして第三章では、マリリンが嫌悪した「金髪のおバカさん」というイメージが人々に与える影響や、死後も「セックス・シンボル」として性的に消費されている現状を、「セカンドレイプ」の視点から考察する。

調査方法にはアンケートを用いる。全世代を対象にしたアンケート調査によって、二〇二三年現在でも、マリリン・モンロー＝セックス・シンボルというイメージが根強いことを明らかにしたうえで、長年にわたって浸透した女性蔑視的なイメージの回復は可能かを検証していく。

本論は、一人の俳優の人生を辿り、現代の視点からその存在を捉え直し、マリリン・モンローという女性の名誉を回復させる試みである。価値観が大きく変化した今、「セックス・シンボル」として世間に広く認知されてしまっている女性の、別の面に光を当てることで、「フェミニスト・アイコン」という真逆の見方ができるのではないかと仮定し、考察する。

この研究を通し、故人が現代の文脈で再評価されることの意味を問いたい。

教え子に言えることは

教授たちの研究室が並ぶフロア。七〇八号室では松島瑛子が、瀬戸杏奈の卒論の進捗状況をヒアリング中である。左上をホチキスで留められたＡ４のプリントに、静かに目を落としている。

「これ、瀬戸さんが書いたの？」

松島瑛子はマスクで口元を覆っているせいで表情が読めない。

「こういう訊き方は失礼だけど、生成ＡＩとかは使わず、自分一人で書いた？」

「はい」

「いやごめん、すごく饒舌な文章だなと思って。ほら、瀬戸さん、ゼミではあんまり発言しないから」

「ああ……議論は苦手で」

瀬戸杏奈は首をすくめ、恥ずかしそうに言った。

松島瑛子はプリントをめくりながら、

「卒論指導でもね、大丈夫かなーって心配だったし」

序論と目次を読み終え、ぱらりと元に戻し、松島瑛子は言った。

「瀬戸さんがマリリン・モンローに入れ込んでるのは感じてたんだけど、ここまでしっかり文献読んでたんだね。かなりいい論文になりそうなんじゃない？　自分でも手応えあるでしょう？」

思いがけず褒められ、うつむいていた瀬戸杏奈は、驚いて思わず顔をあげた。

窓の外、キャンパスを彩る樹木たち。てっぺんあたりの葉っぱだけが、ごくごくうすく、色づきはじめている。

今年の気候はどうかしていて、十月に遅めの秋がはじまったと思ったら、十一月に入るとまた気温が上昇して夏日を記録した。本当ならとっくに紅葉が見頃を迎えているはずで、春にスタートした大学の新年度も、いまや実りの時期なのだ。

目の前に座る瀬戸杏奈をちらりと見ながら、松島瑛子はそれを実感していた。大学生の成長は、小さな子供の成長とはまるで違い、ゆっくりと、ひそやかだ。けれど着々と、前に進んでいる。稀にこうして学生の成長を実感できることがあり、松島瑛子にとってそれは、わがことのようにうれしいのだった。

「優秀論文に選ばれたりして」

リップサービスのつもりで言うと、瀬戸杏奈はきっぱりとこう返した。

「それプレッシャーです」

次の面談にやって来た新木流星が七〇八号室のドアをノックする。開けると、松島瑛子と瀬戸杏奈がいつになく親しげに談笑していた。

「アレ？　なんすかこの空気」

瀬戸杏奈は新木流星をふり返り、スマホを向けながら言った。

「これ知ってる？　伊東さん、いまオーストラリアにいるの」

「は？」

新木流星はスマホ画面に顔を近づけ、伊東莉子の投稿写真に目をやった。

「えっ、別人！」

瀬戸杏奈が伊東莉子とＤＭでやり取りした内容を話すと、新木流星は「ワーキングホリデーもアリだよなぁ」と乗り気で言う。

「そう思う？」

「うん、全然アリっしょ。みんな出稼ぎ目的でめっちゃ行ってるらしいし。俺もこのまま内定出なかったら行こうかな。カナダとか、ちょっと興味ある」

「先生、ワーホリって危なくないんですか？」

瀬戸杏奈が松島瑛子にたずねた。

松島瑛子は、昔イギリスに留学していたときの体験談を軽く話し、「そりゃあどこだって危険な目に遭わない保証はないけど、制度としてはいいと思う」と言う。「語学力鍛えたいけど留学費用は高過ぎるって人にすれば、ありがたいじゃない。一年だっけ？　ワーホリビザで滞在できるのは」

「え、普通に旅行で行ったら一年いられないんですか？」と瀬戸杏奈。

「国によるけど、観光ビザだとだいたい一ヶ月から三ヶ月が上限でしょう。もちろん観光ビザで入って働いたりはできないし。たしかそのあたりが、ワーホリは寛容だったはず。ただ年齢制限あるからね」

「十八歳から三十歳まで」と瀬戸杏奈。

「そう。三十歳過ぎると行きたくても行けない」

「えーじゃあ俺行こうかなぁ〜」

新木流星は大きな声で言った。

「オーストラリアは最低賃金が高いしね」と松島瑛子。

「それ本当なんですか？」

瀬戸杏奈はなおも疑り深い。

「少なくともいまの日本の賃金に比べるとね。倍くらい違うんじゃないかな」

「だから出稼ぎ目的めっちゃ多いんだってば」と新木流星。

「昔は出稼ぎっていうと、アジア全域から日本に稼ぎに来るイメージだったけどね。この二十年でその地位から転落していって、いまや日本の若者が海外に出稼ぎに行く時代なんだよね。情けない話だ」

「この二十年って……。俺ら生まれてからひたすらランクダウンしてるじゃん。国が沈んでいってるとこしか見たことないのまじツラッ」

　瀬戸杏奈は小刻みにうなずく。

「あたし、伊東さんが会社辞めてオーストラリアに行ったたって聞いてから、日本にいる意味あんのかなぁってけっこう本気で思うようになってます。まあ、お金ないから出られないけど」

「いやいやいや！」新木流星が大声で否定した。「だからこれ、金ないからこそ海外行って金稼ぐって話だから！」

　新木流星に強くつっこまれ、瀬戸杏奈は首をすくめて照れたように誤魔化し笑いをした。おかげで場の空気は、ほのぼのと和らいだものになった。

　それを見て松島瑛子は、こんなことを思っている。

　ああ、日本にいると何気ない会話でも、女子はこうやって小さくバカにされて、そのたびに笑顔を見せながら、謝ったり遠慮したり譲ったり、させられるものなんだ。そのわきまえた仕草は骨にまで染みていて、女の子たちを知らず知らず侵食していく。女の子たちはおとなしくなっていく。飼い殺されていく。自信なんか持てるはずない。傍から見ていてとても苦しそうなのに、苦しいことすら自覚できていない。窮屈そうなのに、ここより広い場所を知らないから、ここが平和で幸せなんだと信じて、惰性で居つづけている。結婚なんかした日にはますます立場は弱くなって、愚痴で発散するしかない人生を生きることになる。

だったら一度、外へ出てみたらいい。

いいところも悪いところも、比較しないことにはわからないものだから。

けれど松島瑛子は経験上、学生に踏み込んだアドバイスをすることを自分に禁じていた。教師は気づかぬうちに権力を持ち、何気ない言葉も必要以上の強制力を発揮してしまう。若いころ担当教授の気まぐれにさんざん振り回され、自分を見失った経験から、松島瑛子は肝に銘じていた。年長の人間が、こうすべきだ、なんて決めつけるようなことは言ってはいけない。ただ言葉の端にヒントを埋め込んで、あとは本人が気づき、選択するのを待つのだ。

しかしそうすると言えることは限られ、居酒屋のトイレに貼られたオヤジの格言みたいなつまらない言葉になってしまうのだった。たとえばこんなふうな。

「まあどっちにしても、人生って意外とチャンス少ないから。二十代からせいぜい三十代までなんだよね。だからこれはって思うことに出会ったら、尻込みしてないで、なんでもやってみた方がいいよ。守りに入るよりリスク取った方がいい。そうしないと人間、あっという間に中年になっちゃうから」

中年、という言葉に瀬戸杏奈と新木流星は同時にふきだした。二人とも自分たちが年を取り、やがては中年になるってことを、まだ想像すらできないらしい。

ワーホリYouTuber

伊東さんの投稿に「いいね」したせいか、何度かGoogleで調べたせいか、あたしのインスタにはワーキングホリデーの情報ばっか、やたら流れてくるようになった。

ワーキングホリデービザの有効期間は一年。その間、どこに滞在してもいいし、どこを旅行してもいいし、どんな仕事をしてもいいし、もちろん語学学校に通ってもいい。日本がワーキングホリデー協定を結んでいる国と地域は全部で二十九。オーストラリア、ニュージーランド、カナダ、イギリス、韓国、台湾、香港、フランス、ドイツ、アイルランド、デンマーク、ノルウェー、スウェーデン、ポーランド、ポルトガル、スロバキア、オーストリア、ハンガリー、スペイン、アルゼンチン、チェコ、チリ、アイスランド、リトアニア、エストニア、オランダ、イタリア、フィンランド、ラトビア……といった名前が並ぶ。インスタにもYouTubeにもTikTokにも、ワーキングホリデー中の人が積極的に現地情報を発信していて、なかにはビザが一年で切れるたび、また別の国にワーホリビザで滞在して、三十歳になるまで世界中の協定国をはしごしているというツワモノもいた。

あたしは菓子パンの袋を開けてもぐもぐしながら、ワーホリ発信型YouTuber YUKAの〈オーストラリア好きすぎチャンネル〉を貪り見た。ワーホリビザを三年延長し、いまは就労ビザでバリスタとしてメルボルンで働く二十八歳のYUKAが、視聴者からの質問にものすごいスピードで答えていく。


「はいみなさんこんにちは！

　前回の動画で質問ありますかーってたずねたところ本当にたくさんの人たちからメールいただきました。Thank youuuu!!　そこで今日はこちら、はいっ《ぶっちゃけワーホリってどうなの⁉》ということで、どんどん答えていきたいと思います。

　まず一つ目の質問はこちら、《ぶっちゃけワーホリって稼げるの？》。ワーホリって就労ＯＫだから、せっかくなら働いてみたいっていう人も多いと思いますが、とくに最近はね、日本にいても賃金安いし労働条件もあんまりよくないし、なんなら奨学金とかＬＩＮＥのポケットマネーとかに借金あったりして、海外で効率よくお金稼いで返済したいっていう人もね、かなり増えてるんじゃないかなーと思います。

　私の経験から言うと……稼げます！　これは本当に、びっくりするほど……稼げます。世界的にもオーストラリアの賃金は高い方なんで、アジアだけじゃなくてヨーロッパからもけっこう出稼ぎ目的で来てる人多いです。ただね、一応ことわっておきたいのは、ワーホリはあくまで〝国際交流〟っていうのが目的なんですね。ワーホリ協定を結んだ場所に最長一年滞在して、その国の文化を知ったり国際交流しましょうっていうのがまずあって。でも、そうは言っても一年って長いじゃないですか。その間ずっと自己資金だけで生活するなんて普通に無理だし。それで、一年滞在ＯＫってするなら、そりゃあ生活費くらいは稼げるようにしないとってことで、働いてもいいよってことになってるわけなんです。だから入国するときにイミグレーションで、出稼ぎに来ました！　みたいなことを言うのはＮＧで、もしかすると場合によってはその場で強制送還、なんてこともあり得ます。これは、あり得ます。一年目ならイミグレーションでなにしに来たのか訊かれたら、普通にワーホリで来ましたって言うのがいいと思います。

でも実際ね、とくに私のいるオーストラリアなんかは、ワーホリで来る人を大事な労働力と見なしてたりしますからね。そこらへんはまあ、けっこうグレーゾーンな感じです。あとオーストラリアは移民の国なんでね、外国から来る人に対してとってもフレンドリーだし、基本はどんどん来てほしいっていうスタンスだから、出稼ぎ目的でのワーホリ、全然アリですし、稼げます。このあとね、後半ではファームの話もしていきますが、やっぱりオーストラリアで手っ取り早く稼ぐならファーム一択かなって思います。オーストラリアは見ての通り国土が広いし農作物の種類も豊富なんで、すごい大きいファームがたくさんあって、そういうところではけっこう人手求めてるんで、稼ぐなら絶対ファームっていう感じですね。あと、もしワーホリ延長して二年目のビザ取りたいっていう人は、八十八日間ファームで働くっていうのが必要条件になってきます。私も一年目に四ヶ月くらいファームで働いて、二年目のビザをゲットしました。

ただまあ、ファーム以外でも、もちろん稼ぐことはできます。日本にいるときと比べると、断然、稼げます。オーストラリアの最低賃金が今だいたい二千三百円くらいなんで。日本だと東京でも千円ちょいとかですよね？　普通に倍以上だし。あとはオージーって、土日はめっちゃ休みたがるんですよ。なので土日祝とか、そういった日にシフトに入ると手当がつくんですね。その手当っていうのも、日本だと六百円から良くて千円、みたいな感じだけど、オーストラリアは日給の一・何倍、みたいな計算方法になるので、週末返上して働くのも全然大丈夫っていう人なら、ファームじゃなくて普通のレストランとかカフェとかでも、かなり稼げるんじゃないかなーって思います。

じゃあ次、はいっ《ぶっちゃけ家賃高くない？》。これね、家賃にもいろいろあって、まずファームで住み込みってなると、家賃も安いです。ゲストハウスとかホステルとかシェアハウスとか、そういうところはもちろん相部屋だし、私が一年目に働いたファームはたしか八人部屋とかでした。もちろん部屋の環境もそんなめっちゃきれいってことはないけど、私としてはね、まあ許容範囲かなーって感じでした。毎日バスが迎えに来て、私はチェリーのピッキングの仕事でしたけど、その日の持ち場まで運ばれて、ひたすらピッキングっていう、そういう感じでした。

ただ、シティの家賃はぶっちゃけ高め、ぶっちゃけ高めです。あと外食もめちゃくちゃ高いんで、自炊はマストですね。稼ぎ目的でワーホリに来て、オウンルームに住んで外食するっていう生活は、あんまり現実的じゃないかなって思います。あと、けっこうほかにもいろんな制度があって、もちろんホームステイとかもいいと思います。ただ、ホームステイって実はそれなりにお金かかるんですよ。家賃と食費と光熱費で十五万くらい、ひと月にかかってきます。そこから語学学校に行くとなると、授業料とかもそれなりにするんで、どっちかっていうと留学に近い感じになってくるかなーって思います。

けっこうね、お金に余裕のある人、たとえば一回会社員やって、ちょっと貯金してから辞めてワーホリに来ましたっていう二十代後半の人とかは、語学力アップとか、自己成長したくて来てるって人も多いので。そういう人はホームステイした方がおうちの人ともたくさん話せるし、いいんじゃないかなって思います。本当にね、オージーはとにかく優しいので、家族みたいに迎え入れてくれますんで。ちょっと貯金もあって自己成長が目的っていう人は、ホームステイ、すごくいいんじゃないかなって思います。

そして今回、この動画で私がいちばん推したいのが、私が一年目に使った〝デミペア制度〟です。こちら、どういったものか説明していきたいと思います。

デミペア制度は、簡単に言えば住み込みのお手伝いさんですね。子供のいる家庭に住み込んで、家事やったりベビーシッターやったり、一日四時間くらいかな、そういうハウスキーピングの仕事をすれば、ホームステイの滞在費がなんと無料！　無料になるっていう、そういうありがたーい制度なんです。しかも、おうちによっては三食ついていたりするし、もちろんガス水道電気代もタダ。生活費が全然かからないんですね。一日四時間は家で洗濯したり掃除したり、子供の面倒見たりしなきゃいけないけど、あとの時間は全然自由に過ごせるんで。子供絶対無理っていう人以外は、とくに女性にはいい制度だなーって思います。私は一年目、まずデミペア制度で住むところだけ確保して、仕事はこっち来てから探すっていうパターンでした。近所のレストランにレジュメ、履歴書ですね、持って行って、三軒目くらいで運良く雇ってもらって、そこで一日四時間、働いてました。

私の場合、ワーホリ一年目はほんとお金なかったんで、とにかく生活費抑えたいっていうのでデミペア制度をつかって、バイトは一日四時間、それでもけっこうみるみるお金貯まっていって、あれは日本では絶対味わえない感覚でしたね。で、会話とかにもだいぶ慣れてお金の不安もある程度なくなってから、二年目のビザを取得するために移動して、ファームで働いたっていう感じになります。

さ、それじゃあ次の質問に答えていきたいと思います。はいっ、《ぶっちゃけワーホリ、いくらかかる？》……」

# ママとの対話

夜行バスに揺られて地元へ帰る。帰省は丸一年ぶり。

駅前でバスを降り、トランクルームに積まれていたキャリーバッグを受け取って、ロータリーでママの車を探した。ホンダの白いN－BOX。キャリーをがらがら転がしながら助手席のドアを摑もうとした瞬間、運転席に座ってるのが別人なのに気づく。

「うわっ、すいません」

慌てて手を引っこめた。辺りを見回すと、ママが車から降りて「こっちこっち～」と手を振っている。あたしは恥ずかしくて泣き真似なんかしながらママの車に小走りで駆け寄った。

「おかえり～」

ママ、笑ってる。

あたしは開口一番、クレームつけるみたいに言った。

「N－BOX多すぎ！」

「ワーキングホリデーに行きたいって言ったら、ママどうする？　反対する？」

車中での進路相談は、四年ぶり二度目だ。

「えーなにそれ急に」ママは陽気に笑い飛ばした。「もうちょっと詳しく教えてくれない？　なんもわかんないから、いいともダメとも言えないわ」

ママはカーステレオの音量を絞って、あたしの言葉に耳を傾けた。

就活が全滅だったこと。そもそも行きたい会社どころか業界すら見つかっていなかったこと。コロナで大学生活の最初の半分が消滅したこと。それを取り戻したいとずっと思ってること。友達が全然できなくて、親しいのは同じゼミの人くらいなこと。そのゼミの先輩が、ワーキングホリデーでオーストラリアに行っていること。自分で調べたワーホリ情報いろいろ。もしオーストラリアに行くなら、その先輩が助けてくれそうなこと。奨学金をたくさん借りてしまい、借金抱えてるのが憂鬱なこと。オーストラリアで稼いだお金で、早く返済したいと思ってること。それからもう少しだけ、学生みたいな時間を続けたい気持ちもあること。

ママは最初、眉間にしわを寄せ、疑りの眼差しだった。

「そんなにうまくいくの？　お金も稼いで、モラトリアム続けるなんて」

「それは行ってみないとわかんない。けど、今度はちゃんと、行くなら目的決めてからって思ってる。大学のときはほら、大学に行くのを目的にしちゃってたから。ほとんど行けなかったけど」

「それはまあ、コロナもあったわけだし」

ってママは慰めてくれるけど、もう誰も、コロナを言い訳にはしていない。あたしはかぶせて言った。

「コロナ抜きでも、うまくいかなかったと思う」

ママがあたしに期待してるのは知ってる。娘が東京の大学に行ったことを自慢に思ってるのも知ってる。ここに無償の愛があるのもちゃんと感じてる。けど、うちにはお金がない。これまであたしにかかったお金は、いつか返してほしいと思ってるに違いない。将来、楽させてって、きっと思ってる。あたしだってそうしてあげたい。

「あのね、いまあたし、バイトで貯めたお金が十八万円くらいあるの。オーストラリアに行くのに、安い航空券なら五万円もあれば行けるし、最低でも三十万あれば、とりあえずの生活はなんとかなるって話なんだ」

ママは無言でハンドルを切る。

エンジン音にまぎれて、ため息が聞こえた気がする。またお金かって。ママはハンドルを握りながら肩を落として言った。

「東京の四大出れば、人生のパスポートが手に入るんだと思ってた」

それはもう、ごめんとしか言いようがない。推薦じゃなくてちゃんと受験がんばって、有名大学に入るしかなかったんだ。この国では、いい大学に行っていい会社に入るっていう、古来から言われているレールに乗っかれなかった人は、幸せになれないようです。

そのことを、あたしは別の言葉で言った。

「日本で、女で、うちの大学くらいの学歴だと、手取りで十五万ちょいの人生なんだ」

「……つらぁ」

ママはショックを受けている。

あたしはスマホにフリック入力して、日本の平均年収を検索した。

「日本の平均年収は約四百四十三万。男女別に見ると男性の平均年収が約五百四十五万、女性の平均年収は約三百二万」

「三百二万って、ほんと舐《な》めてるね」

ママはため息をついた。

あたしはさらに平均月収の数字を読み上げる。

「正社員では男性は三十八万四千円、女性は二十八万九千円。非正社員では男性二十六万二千円、女性二十万六千円」

数字を挙げるとママはだんだん、あたしが憂えている日本の現状に理解を示しはじめる。諸外国の賃金の上昇率と比較したグラフを出すまでもなく、この国の未来が暗いということはよくわかったと。

あたしはシリアスになりすぎないように、わざとアニメのセリフっぽく大袈裟に言った。

「希望がなさすぎるの！」

「それはわかる。それは、わかってるから」

朝六時の県道はまだ暗くて、なにもなくて、いま自分がどこを走っているのかもわからなくなる。田んぼと、家と、ときどきコンビニ。見事なまでになにもない。オーストラリアのファームはどこもすごい田舎だから、周りになにもないって、伊東さんがＤＭで教えてくれた。あたしの地元だって同じようなものだから、きっと耐えられるだろうと思っている。ここに戻って、工場で働くことを考えれば。

するとママは唐突に、最近聞いたというご近所の噂話をしだした。

「船岡さんってわかる？」

「わかるわかる」

「そこの息子さんの奥さんがね、早稲田か慶應かどこか、いい大学出てるんだって」

「すごっ」

「その奥さん、最初は東京で就職したんだけど、親に呼び戻されてこっちの電力会社に中途採用で入って、何年もバリバリ働いてたんだって」

「ふぅーん」

「それで十年くらい前に船岡さんの息子さんと結婚して、そこに引っ越してきたの。船岡さんち土地は余ってるからね。家の近くに息子夫婦の家を建ててあげて」

「あーわかるわかる。あのおしゃれ系の家ね。ちょっと浮いてる」

「そうそう。その家を建ててもらって。だけどさぁ、遠いじゃない。奥さん、車で二時間かけて会社に通勤してたんだって」

「うぎゃあ！　地獄じゃん」

ママは「甘い」と一蹴した。本題はここからなのだ。

船岡さんの奥さんは子供を産んで時短で職場復帰してから、保育園の送り迎えをしながら車で往復四時間の通勤をしつつ、朝も夜も食事を作っていた。とにかく起きてる間は仕事以外、ずっと料理をしているか車を運転しているかという生活だったそうだ。そんな暮らしが数年つづいたある日、子供が小学校にあがるのを機に、船岡さんの奥さんはついに決断したという。

「離婚を？」

「違います」

船岡さんの奥さんが決断したのは、電力会社の正社員を辞めて、近くの農協のパートに勤めを変えることだった。

「嘘でしょ⁉」

ママは神妙に首を横にふった。

「家族の世話を優先して、自分は農協に転職してしょぼい窓口業務やって、それでも界隈のジジババたちは、船岡さんのところの嫁は子供を一人しか産んでないって陰口叩いてるっていう、そういう話」

あたしは絶句して、「超ヤバいじゃんこの村」と震えた。

ママは言った。

「杏奈にはまだピンとこないかもしれないけど、女の子って結局は、結婚どうするって話になるでしょ。いい大学行っていい会社に入っても、結婚から逃れられてるのって十年もなくて、周りからいつ結婚するのってどんどんプレッシャーかけられるし、本人だってそのうち、自分から結婚したいって焦り出すの。わかるけどね。でもそうなると、社会の思うつぼなんだよ。社会はそうやって、女性を只の労働力にしてきた。女は子供産んで、二人目三人目って子孫殖《ふ》やして、多ければ多いほど褒められる。睡眠時間を削って、朝四時とか五時とかに起きて家のことやって、家族を送り出して自分もパートに行って、税金取られない程度に稼いで、だけどそれは自分のお小遣いにはならなくて家族のためにつかう。ひたすら献身。それでも誰にも褒められはしない。女だから当たり前だろっていう、そういう人生なんだよ。それであそこの嫁さんは偉い、あそこの嫁はダメだ、みたいにジャッジされて」

ママはくたびれた声で「最悪だよね」と吐き捨てた。

「でもそれ以外の生き方をすると、石投げてこようとすんだよ」

それはすなわち、ママの生き方のことだ。

離婚して子供を抱えて実家に帰ってきて、昼の仕事だけじゃなく夜職も掛け持ちして、子供を東京の大学に通わせてる。「偉いですね」って人は言うけど、内心憐れんでるのが見え見え。

あたしは結婚なんてまだ考えられないけど、ママにはなにかが、だいぶクリアに見えているらしかった。このまま日本に居続けた先の、あたしの人生が。

「いいかもね、オーストラリア」

「……ほんと？」

「うん、希望あるよ」

「そう思う？」

「杏奈はそう思うんでしょ？」

あたしはコクンと深くうなずいた。

「なら大丈夫。杏奈なら大丈夫」

ママは三十万円、貸してくれると言った。ふざけながら「ちゃんと返してよね！」と付け加えて。

「ママもね、自分が二十代だったときのこと思うと、わかるから。大学卒業したからって、女の子がすぐに自立するなんて無理だよ。そんなの、いくらなんでも厳しいってことは、わかってるから。ママにだって二十二歳のときはあったし、そのとき全然ちゃんとしてなかったことも憶えてるから」

あたしはママの言葉に耳を傾けた。

「杏奈に、東京の大学に行きたかったけど親に反対されたこと、よく話してたじゃない？　それを杏奈が叶えてくれて嬉しかったよ。けど、もしかしてそれが、重荷になってたら、ごめんね」

一瞬で、あたしの目に大量の涙がたまった。

涙が落っこちないように、瞬きしないでこらえた。東京の、あの狭い部屋で過ごした日々。一人ぼっちで、ぬいぐるみと寄り添って、あたし小学生のころとなにも変わってないじゃんって何度も思った。でも、あたしがここでこうしてるだけで、ママの夢が叶ってるんだと思えた。

「それはさぁ……あたしがそうしたいって選んだわけだから」

「そうだね。そうだそうだ」

ママは言った。毒親にはなりたくないの。毒親のループは、自分の代で断ち切りたい。ママもね、これから先は自由に生きるよ。

ママは一本道をぶっ飛ばす。

「杏奈には自立してほしい。でも人が自立するには、ものすごくたくさん、時間もお金もかかるものなの。杏奈はまだ、時間とお金をかけてもいい歳だよ」

赤信号で止まると、ママはあたしの髪をクシャッと撫でて言った。

「だってまだ子供だもん」

二〇二四年一月末。

階段教室にてジェンダー社会論演習Ⅳ、松島ゼミの卒論発表会が行われた。聴衆は二十人ほど。A班からは、小林凛音、李帆帆、山戸翼、菊地れいあが出席。最前列の真ん中には松島瑛子が座り、最後の口頭試問は彼女が中心になって行う。発表時間は十五分。四年生たちが入れ替りで壇上に立ち、パワーポイントをプロジェクタースクリーンに映しながら、それぞれの卒論の概要を発表した。

「それじゃあ次で最後の発表ですね」

松島瑛子がマイクを使って進行する。

「瀬戸杏奈さん、お願いします」

「はい」

発表者の控え席で待機していた瀬戸杏奈は、リクルートスーツ姿で立ち上がった。履き慣れないパンプスの踵《かかと》が、かぱかぱと浮き上がっている。年齢よりも幼く見え、聴衆をヒヤヒヤさせる。

ところが演壇に立った瀬戸杏奈は、一礼すると堂々と話しはじめた。

「瀬戸杏奈です。私の卒業論文、『**セックス・シンボルからフェミニスト・アイコンへ〜マリリン・モンローの闘い〜**』について発表させていただきます。

私は、一九五〇年代にハリウッドで活躍した俳優マリリン・モンローについて考察しました。まずはこちらのアンケート調査結果をご覧ください。十代から七十代までの百十人に、マリリン・モンローについてアンケートを実施しました。マリリン・モンローを知っていますか？　という質問に対しては、このような結果が出ました。三十代以上の人はほとんどが〝知っている〟で、十代と二十代ではこの割合が減少しました。そして、マリリン・モンローを知っていると答えた人を対象に、どのようなイメージを持っていますかと質問すると、全員が〝セックス・シンボル〟もしくは〝セクシー〟などのイメージを持っていると答えました。

次にこちらのグラフをご覧ください。

十代と二十代で、マリリン・モンローを知っていると答えた人を対象に、さらに詳細なヒアリングを行った結果、彼らのうちマリリン・モンローの主演映画を観たことがある人は０人でした。それでも、マリリン・モンローにどのようなイメージを持っていますか？　の質問に対しては、〝セックス・シンボル〟もしくは〝セクシー〟と答えています。つまり彼らは、マリリン・モンローの映画を観たことはなくても、マリリン・モンローに性的なイメージを抱いていることになります。

一体この偏ったイメージはどこから来たのでしょうか。

私は今回、文献調査を中心にマリリン・モンローの半生を辿ることで、彼女が生前、とてもフェミニスト的な行動を取ってきたことを知りました」

瀬戸杏奈は手元のリモコンでスライドを進め、一つ一つの事象を説明していく。

性加害に対する認識が極めて甘かった時代、マリリンが「モーション・ピクチャー」誌に〈私が知ってる狼たち〉という文章を寄稿したことは、#MeToo に先駆ける告発だったと考えられると語った。しかしそれがシリアスに受け止められてこなかったこと、自らが作り上げたパブリックイメージによって、その発言や存在は徹底的に軽んじられる傾向にあったことを、当時の日本の映画雑誌などを例に挙げて分析していく。

「Blonde bombshell〝金髪のおバカさん〟と呼ばれるステレオタイプの役柄は、マリリン自身が綿密に役作りした結果、非常にカリカチュアライズされ、〝セクシー〟の記号的なスタイルを確立しました。また、マリリンは仕事の一環でインタビューを受ける際にも、役柄と同一視されているセルフイメージを守るため、ファンサービスとしてマリリン・モンローを演じているような受け答えをし、さらに人気を獲得していきました。

しかしマリリン自身は、このイメージを非常に嫌っていました。そこで、ステレオタイプのイメージから脱却するためにも、上質な文学作品に出演したいと希望しますが、映画会社の重役たちはそれを許さず、マリリンの嫌がる、低俗な映画のセクシーな役柄を押し付けつづけました。

それに反抗するため、マリリンはストライキする形で、一九五五年から一年にわたって拠点をニューヨークに移しました。賛同者の写真家と共に自身の独立プロダクションを設立。この〈マリリン・モンロー・プロダクション〉は、のちの映画製作に大きな影響を与えたと言われています。俳優として人気と実力があるだけでなく、マリリン・モンローはビジネスウーマンとしても、革新的な仕事を成し遂げていました」

「こうしたマリリンの半生を辿ることで、現代にも続く〝セックス・シンボル〟という偏ったイメージは、本人も不名誉と思うものであると推測しました。第三章ではこういった一連の事象を、イメージのセカンドレイプであるとしています。

マリリン・モンローが生きたのは一九二〇年代から六〇年代の前半にかけて、亡くなったのは三十六歳のときです。それから六十年以上が経っています。もし生きていたら、現在九十七歳です。

二〇一七年の #MeToo 以降、女性の性被害についての問題意識が高まり、価値観が大きく変化しました。それを踏まえて過去のさまざまな事象が解釈され直し、対処されています。

たとえば二〇二〇年、アメリカ自然史博物館が、セオドア・ルーズベルト騎馬像を撤去しました。これは、黒人や先住民への差別を描写する銅像が問題視されたからです。このように、かつての偉人であっても、現代の価値観で再解釈され、名誉が剝奪されています。公共の場に展示された銅像は、名誉の具現化ともいえるものですが、それが撤去されることは、新たな価値観の樹立をアピールし、人々に古い価値観からの脱却を促すうえで、とても有効なことです。また近年、ピカソの絵画の市場価格が下落傾向にあります。これは、ピカソが生涯で関わった女性たちに対して、彼女らの人権を蹂躙《じゅうりん》するような行いをしており、フェミニズム批評の観点から、芸術家としての価値が問い直されていることを示しています。

価値観が変わったことで、それまで偉人とされてきた人物が問い直されているなら、低評価に甘んじてきた人々に、新たな名誉を与えるべきです。

私はマリリン・モンローをジェンダーの観点から再解釈し、彼女が先駆的なフェミニストであったこと、そしてマリリン・モンローの正しいイメージは、〝セックス・シンボル〟ではなく〝フェミニスト・アイコン〟であると考えました。こういったイメージの刷新、現代の基準での再評価は、故人に敬意を示すとともに、古い価値観からの脱却を、大衆に促す力を持つものであると考えます。

マリリン・モンローは新しい時代のフェミニスト・アイコンであることを主張し、この発表を終わります。ありがとうございました」

真正面に座る松島瑛子が、マイクを通して質問をはじめる。

「なぜマリリン・モンローを選んだのでしょうか？　なぜ彼女が重要だと思いました？」

瀬戸杏奈は壇上でマイクを取った。

「はい。アンケート調査でわかったことですが、マリリン・モンローは大変知名度が高い映画スターですが、彼女の映画を実際に観ている人は意外と少なくて、俳優という以上に、アイコン的な存在であることがわかりました。

たとえば一九九七年には、〈マリリン・モンローとエルヴィス・プレスリー展：象徴から神話へ　アメリカン・ポップ・カルチャーの聖像〉という展覧会が日本で開かれています。この展覧会では、マリリン・モンローとエルヴィス・プレスリーをモチーフにしたアート作品が集められていて、二人がポップ・アイコンとしてアメリカをはじめとする世界の美術界に与えた影響を紹介しています。

このことからもわかるように、マリリン・モンローはアメリカを代表する女性であり、そのイメージは映画にとどまらず、社会的な影響力を持つものだと認識しました。またこの展覧会が、男性はエルヴィス・プレスリー、女性はマリリン・モンローという、アイコンがそれぞれ男らしさ、女らしさの象徴的な存在で分けられている点も興味深いと思いました。アメリカのポップカルチャーが世界に与える影響はとても大きく、そのなかでもマリリン・モンローは、女性らしさのロールモデルとして、一九五〇年代からずっとその地位にあり、無意識のうちに、人々の中に浸透している人物だと思いました。以上です」

松島瑛子はマイクを取った。

「はい。よくわかりました。この研究を通して、どんな発見がありましたか?」

瀬戸杏奈が答える。

「マリリン・モンローのライフストーリーは、これまでたくさんの書き手によって出版されています。ですが、書き手の多くが男性であること、出版されたのが主に二十年以上昔であることから、現在の価値観からすると、視点が古かったり、アンコンシャス・バイアスがかかった記述が多く見られました。今後もし新しく、マリリン・モンローの関連書籍が出版されることがあるなら、この研究で問いかけたような、フェミニズム・アイコン的な視点が盛り込まれるといいなと思います。そういう新しい本が、古い本を淘汰していけば、いつかマリリン・モンローのイメージは本当に変わるんじゃないかと。そうやって、シンボルになっている人のイメージが書き換わることは、すごく大きな変化を呼ぶんじゃないかなと思いました。あと……」

瀬戸杏奈はまだまだ言い足りない様子でマイクを離さない。

「一九五〇年代のハリウッドに生きたマリリンと、二〇二〇年代の日本に生きている私は、一見すると接点がないように思えるんですけど、でもマリリンの人生を辿ると本当に驚くほど、彼女は現代女性が抱える問題と、同じことで苦しんでいました。たとえばヌード・カレンダーの流出事件は、SNS時代のいまは、リベンジポルノなどの形で一般の人にも起こり得ますし、不本意な労働条件や契約、低賃金による搾取も、いまの日本の女性たちが置かれている雇用状況とそっくりだと感じました。

マリリンは、おかしいと思ったことに、その都度ちゃんと声をあげていました。当時は世間の認識が追いついていなくて、ほとんど無視されていたけれど、それでもマリリンほど知名度のある人が、大きな会社の言いなりではなく、精一杯反抗したことは、その時代の女性たちを揺さぶったんじゃないかなと思います。そういう、声をあげる行動はとても……」

最後の言葉に迷った瀬戸杏奈は、少し考えてから、こう締めくくった。

「とても、今っぽいなと思いました」

聴衆からはかすかな笑いとともに、小さな拍手があった。


二〇二四年三月、卒業式。式典が終わった夕方から駅前のレストランの個室を貸し切って、ジェンダー社会論演習Ⅳ松島ゼミの謝恩会が開かれた。幹事を務めた三年生の菊地れいあが受付で会費を集めていると、見知らぬ中年女性がつかつかとやって来て、

「シバタです」

ハンドバッグから五千円札を差し出しながら名乗った。

「柴田、柴田……あのぅ、すみませんがお名前がないみたいで」

「そこ、そこ、そこにあるわよ。志波田恭子。こころざしになみって漢字の」

菊地れいあが顔を上げると、とても大学生には見えない、お母さんタイプの中年女性が立っていた。

「あのぅ失礼ですがどなたのお母様でしょう？」

志波田恭子は困った顔で、中にいる瀬戸杏奈に助けを求めた。

「杏奈ちゃん！　杏奈ちゃん！」

ワンピース姿の瀬戸杏奈がくるりと振り返り、

「あっ、志波田さん！　お久しぶりです」

大きな笑顔で応え、菊地れいあに紹介した。

「去年このゼミで一緒だった志波田さん。志波田さん、いま院生ですよね」

「そ。けっこう忙しいわよぉ」と脅かすように言いながら、充実した顔を見せる。

去年はまだコロナの緊張感があり、卒業式は行われたものの、謝恩会は開かれなかった。それで、いまは大学院にいる志波田恭子にも特別に声をかけていたのだった。

「お邪魔しますね」

志波田恭子は菊地れいあに言い、会費を払って中へと進んだ。

瀬戸杏奈は席につき、となりに座ったスーツ姿の新木流星は、向かいの志波田恭子に進路を報告している。春からはリモートワークＯＫのスマホアプリの開発会社で働くという。

「しばらくはスキル身につけないとですけど。ゆくゆくは家で仕事できるようになったらいいいなーと思って」

「そう」志波田恭子は鷹揚《おうよう》に笑う。

「でも杏奈ちゃんがワーキングホリデーっていうのはちょっと意外だった。しかもオーストラリアでしょう。どっちかっていうと、カナダって感じ」

などと適当なことを言うので、瀬戸杏奈は首を傾げながら愛想笑いを浮かべる。

「まあ、でも伊東さんがそんなにいいって言うなら、いい国なんでしょうね、オーストラリア。よろしく伝えてね」

「はい」瀬戸杏奈はくちびるを結んでうなずいた。

長テーブルに十数人が揃い、各自が飲み物を手にしたところで、菊地れいあが声を張り上げる。

「ご静粛に〜！　はじめましょう〜！　松島先生、お願いします」

パンツスーツに身を包んだ松島瑛子が、スッとマスクをはずしてグラスを手に立ち上がり、スピーチをはじめた。

「みなさんこんばんは。菊地さん、幹事どうもありがとう。ゼミの謝恩会がこうして開催できるのは、本当に感慨深いものがあります。私自身この大学に赴任したのが、コロナがはじまった、二〇二〇年でした。緊急事態宣言下でオンライン授業がはじまって、がらんとした教室でカメラに向かって一人で喋りつづけるのは、なかなか厳しいものがあって……今日卒業を迎えた人たちも、丸二年は自宅からオンライン授業を受けるだけで、期待していた大学生活とはずいぶん違っていたことと思います。がっかりするような思いをさんざん味わったんじゃないでしょうか。本当だったら大学時代は、とくに三年生四年生を対象にしたゼミでは、みんなお酒を飲める年齢になっていて、こうやってわいわい食事する機会もたくさんあったはずでした。

ただ、コロナを抜きにしても、私はあまり学生と距離が近くなり過ぎないように気をつけていました。これは自分が学生の立場だったときの経験からで、とくに少人数で行うゼミは、みなさんが指導教授の顔色を窺うことなく発言できるのが大事だと思っているので、かなりドライなつき合いとなりました。

それでも二年かけて卒論を仕上げていくなかで、みんなが研究を通してきちんと自己発見して、成長していく姿を見られたのは、自分のことのように嬉しかったです。なにかを研究することとは、実は研究対象だけでなく自分自身とも向き合うことで、自分と対話するようなものだと思います。多かれ少なかれ、人生のテーマに触れる題材と、各自出会えたんじゃないでしょうか。

ジェンダー学は、むしろ大学を卒業してからが本番です。大学はとても守られた空間ですし、大学生は、特殊な立場です。大学生でいる間は、本当の意味ではジェンダーの問題に直面してはいなくて、もしかしたら社会に出てから、結婚や出産を経てはじめて、本当の意味で、理解できていくのかもしれません。

なので、このあと社会に出たり、家庭を持ったりしてから、あれ？　おかしいな？　と違和感を持ったり悩んだりしたら、大学時代の学びに立ち返って、ぜひ授業で使った本を再読してください。荒波をくぐり抜けるヒントは、きっとその中にあります。本当の学びはこれからです。

ではみなさん、卒業おめでとう。乾杯」

## 旅立ち

四年前このマンションに引っ越してきたとき、得体の知れない未知のウイルスに、世界中がパニックになっていた。あのピンと張り詰めた空気、あの緊張感。あたしはそれを、懐かしく思い出す。十八歳。一人ぼっちでこの1Kの部屋に籠もって、国に言われたとおり不要不急の外出を自粛し、息を潜めて過ごした。知らない街で、青春の代わりに、非常事態がはじまった。

あたしがここにいることを誰も知らない、誰も気づいていない、完全に孤立した日々だった。不安に押し潰されそうになりながら、カーテンを小さく開けて外の様子をぼんやり眺めた。どこにも出かけず、昼も夜もない暮らしに時間の感覚は一瞬で狂い、人との距離感を測るセンサーもおかしくなった。高校までの人間関係はリセットされたのに、次の展開がいっこうにはじまらない。連絡を取り合ってるのはママ一人きり。他者を感じられるのはＳＮＳだけ。スクリーンタイムは一日十時間に達した。

なんだかだんだん、自分が存在してない気がしてきた。割れた流氷の上に、たった一頭とり残されたシロクマみたいな孤独。骨がきしきし鳴るようなさみしさ。それが二年つづいた。

少しずつ慣れたけど、慣らされたくないとも思っていた。教授が作った読みにくいＰＤＦ資料の感想を埋めることにも、一日中パジャマみたいな格好で顔も洗わず過ごすことにも、慣れたくなかった。

社会がまったりと続いているのにも腹が立った。オリンピックが開かれることだけが確かで、それ以外のことは切り捨てていいみたいな国のスタンス。大学生は棄民《きみん》だな、という誰かの発言をTwitterで見て、その通りだと思った。自分たちが無視されているのは嫌でも感じる。時々スケープゴート役を押し付けられていることも。このくらいはまだいけるだろ、とだんだんエスカレートしていくいじめみたいに、意地悪され、ないがしろにされる。それでもあたしたちナイフで刺されたわけじゃないからマシだよねと、我慢しつづけた。気がついたら体中がふやけて腐ってた。

だからあたしは去りますね。

ダンボール箱にこまごました物を詰め込んだ。もう安心毛布はいらない。ぬいぐるみのホイップも実家に送り返すことにした。あたしはホイップをぎゅっと抱きしめて、ありがとね、と囁《ささや》く。それから最後に、ウェスタン・エレクトリック社製のプリンセス・テレフォンをうやうやしい手つきで載せた。

荷造り途中の部屋に一人きり、ダンボール箱に収めたプリンセス・テレフォンの受話器を取り、「もしもし?」と呼びかけてみた。

話したいことはたくさんあった。ねえ、マリリン、あたしね、マリリンをテーマに卒論書いたよ。マリリンの本をたくさん読んだし、マリリンの映画もいろいろ観た。マリリン、あたし明日、生まれてはじめて飛行機に乗るんだ。マリリンがハリウッドを離れてニューヨークに飛んだみたいに、あたしもここを去って、遠くへ行くんだ。


管理会社の人に鍵を返して、メルカリのポイントで買ったスーツケースをがらがら転がす。近所のコンビニに入ると、レジで東南アジア系の女性の店員さんが、日本人の新人バイトを指導していた。四年間、週に一度は来ていたコンビニだ。緊急事態宣言のときも彼女はレジに立っていた。不安げに沈んだ瞳で、あたしにお釣りを渡してくれた。それからずーっとここで、まじめに働いている。彼女にとってここは外国で、あたしたち外国人を相手に、日本語という外国語で、煩雑な仕事をさばいている。ハイスペックすぎる。あたしは同じことを、オーストラリアでできるだろうか。

おにぎりとペットボトルのお茶をセルフレジで会計し、リュックに入れていると、レジから流暢《りゅうちょう》な「ありがとうございました」が聞こえた。

あたしはくるっとふり返って、おずおずと小さく手をふり、ぎこちない笑顔で、友達に話しかけるみたいに言った。

「バイバイ」

もう二度と会わないから、思い切って言えた。

彼女は一瞬、戸惑った顔を見せたあとで、ニコッと大きく笑い、こたえてくれた。

「……バイバイ」

心と心が通じ合った手応えに、ふわっと、幸せな気持ちに包まれる。

本当は最初から、もっと親しくしたかったな。ずっとお互いのこと認識してたのに、知らんぷりしてた。この国では、人と人との間に分厚い壁があって、さみしいさみしいって喘いでる。人間性を自分たちで抑え込んでる。

空港までの道のりは果てしなく遠かった。

バスと電車を乗り継いで、成田まではスカイライナー。車窓からスカイツリーが見えたと思ったらみるみる田舎の景色になり、あっという間に日が暮れて、心細くなった。そんな気持ちを押し隠し、パスポートとワーキングホリデービザを防犯リュックの内ポケットに忍ばせ、あたしは旅慣れた雰囲気を装う。しゃきっと背筋を伸ばして、成田空港第三ターミナルまでの道をスーツケースを転がして歩く。手荷物検査、出国審査。搭乗ゲートの待合ベンチに一番乗りで座り、リュックを膝に載せてぎゅっと抱きしめた。

搭乗案内が流れ、列に並んでQRコードをかざしてゲートをくぐる。ブリッジを歩き、飛行機に乗り込む。機内はすごく狭い。ベルトランプがピコンと赤く灯り、行くぞ行くぞと勇むように飛行機は全速力で走り出す。重力が体にグッとかかる。そして次の瞬間、機体がふわりと浮き上がって、窓の外に点々と街の灯りが見えた。ああ、空を飛んでる。なんだか顔がにけやる。日本がどんどん遠くなっていく。

マリリン・モンローは人生のほとんどを定住せずに生きた。幼いころから保護者がころころ替わり、住処も変わったマリリンにとって、それは普通のことだったのかもしれない。旅先で滞在したホテルを含め、わかっているだけで四十三カ所に住んでいる。数週間から数ヶ月ごとに引っ越している計算。仮住まいの人生だ。

マリリンが亡くなったのは、精神科医に定住を勧められて、はじめて購入した家だった。スパニッシュ・コロニアル風のプール付きの家。一九六二年八月五日深夜三時、マリリンはその家の寝室で、家政婦に遺体で発見された。明け方にはロサンゼルス市警察がやって来て、遺体は黒い袋に包まれて運び出され、検死の結果、睡眠薬の過剰摂取による急性中毒死と発表された。マリリンの人生は、そこで終わった。

あたしは、その朝なにごともなく目を覚ましたマリリンを想像する。ロサンゼルスの強烈な太陽が、マリリンの瞼に鋭く差し込んで、彼女に起きなさいと囁く。

起きなさい、起きるのよ。起きて。

太陽はぽかぽかと、マリリンの体を包んでエネルギーを注ぐ。すると彼女は目をぱちくりさせながら、ゆっくり体を起こす。「ふわぁ」とあくびし、けろっとした顔でバスルームに行って、マリリンは顔を洗う。しゃこしゃこと気怠《けだる》そうに歯を磨く。

それからバスローブを羽織って腰紐を結びながら、裸足でテラコッタの床をぺたぺた歩き、彼女はリビングに行く。

「あら、ミス・モンロー、おはようございます」

キッチンでは家政婦さんが朝食の支度をしている。

おはようと言ってテーブルにつき、コーヒーを飲みながら新聞をめくって、一日をスタートさせる。マリリンは一九六二年八月五日の朝を、そんなふうに過ごす。そして彼女の人生はそのあとも続く。マリリンは四十歳になるし、五十歳にもなる。六十歳にも、七十歳にも、八十歳にもなる。いま生きてたら、もうすぐ九十八歳。

飛行機の窓の外を見ながら、あたしは胸の中で語りかけた。

もしもし、マリリン、行ってきます。

体がふわりと宙に浮く感覚で目が覚めた。

ドン、と機体が揺さぶられて、ほかの乗客も次々目を覚ます。照明が落ちていて機内は薄暗い。急遽アナウンスが入った。

「みなさま、当機はただいま、気流の悪いエリアを通過しております。トイレのご使用はお控えください。お座席にお戻りになり、シートベルトをしっかりとお締めくださいさい。Attention everyone. The aircraft is currently experiencing some turbulence……」

乗客たちは騒ぎもせず大人しくしている。あたしはなにしろこれが初の飛行機だから、このくらいの揺れは普通のことなのか、それとも異常なことなのかがわからなくて、みんなの様子を窺うしかできない。これってパニックになっていいやつなのか、じっと耐えるやつなのか。あたしは大きな揺れが来るたび、体をビクンと震わせた。だんだん頭痛がしてきた。揺れで酔いはじめる。顔から血の気が引く。脂汗が出る。落ち着け落ち着けと自分に言い聞かせるけど無駄だった。飛行機は真っすぐ下にひゅんと落ちたり、左右にカタカタ揺れたりするのを繰り返しながら飛行をつづけた。目を固く閉じて、神様……と天を仰ぐ。生きた心地がしなかった。そのとき。

パシッ――――。

突然、人の感触に驚いて、思わず目を開けた。

見ると、肘掛けをギュッと摑んでいたあたしの手を、となりの席の女性が、手のひらで覆うように握ってくれていた。思わず横を向いてその人の顔を見る。

くるんとカールしたブロンドの髪。左頰には特徴的なほくろ。ふっくらした柔らかそうな赤いくちびる。雪みたいに真っ白に透き通った肌。その瞳は、ブルーにもグリーンにも見えた。吸い込まれそうな、深みのある、優しい目だった。

「え？」

思わず声が出た。

あなたは？

もしかして、あなたは？

その人はあたしの手を摑みながら言った。

「Don't worry, you'll be fine.」心配しないで、大丈夫だから。

彼女の言葉は、あたしの心の奥にすっと届く。バスケットボールが直接リングに吸い込まれる完璧なシュートみたいに、すとんと入る。まるでおまじないをかけられたみたいに、ああ、大丈夫だなと思った。大丈夫、揺れはすぐに収まる。安心して。大丈夫。絶対大丈夫。そう思うと、すっと動悸もおさまった。

あたしは一つうなずいて、イエス、アイムオーケーと、自分に言い聞かせるように言った。

そうだ、あたしは大丈夫。杏奈なら大丈夫と言ってくれた、ママの言葉を思い出す。お守りみたいなその言葉を何度も唱える。杏奈なら大丈夫、杏奈なら大丈夫。この飛行機は落ちないし、あたしはどこへ行ってもちゃんとやれる。

あたしは大丈夫。

## 二〇二四年・春

瀬戸杏奈は、今日も朝五時に目を覚ます。この国の日差しはとても強く、窓から差し込む光はスポットライトのように一撃で彼女を目覚めさせる。ホステルで暮らす若者たちは寝ぼけ眼《まなこ》のまま寒そうに体を縮めてバスに乗り込み、四十分かけてファームへと運ばれる。中国、イタリア、タイ、カナダ。いろんな国から集まってきた若者たちにまじって、薄手のダウンにコットンの日除け帽を被った瀬戸杏奈も、あくびなんかしながらバスに揺られている。

季節によって採れる作物は変わり、いまはアボカドのピッキングが最盛期だ。瀬戸杏奈は最初、アボカドがどんな植物になるものなのか知らなかった。ゴツゴツした、爬虫類の皮膚を思わせる皮に包まれたあの不思議な果実は、一体どうやってできるのか。

それは巨大な木になっていた。

もみの木を飾るクリスマスオーナメントのように吊り下がり、たわわに実る。

ファームに到着した若者たちは、首からカンガルーバッグと呼ばれるピッキング用の袋を提げ、広大な農場のあちらこちらに散らばって、枝からアボカドを収穫していく。まだ青々として熟しきらないアボカドは硬く、ずっしりと持ち重りがする。バッグはどんどん重みを増し、彼らの首を圧迫しはじめる。

彼らはときには脚立に登って、高い所のアボカドも採る。クレーンの先に人が乗れる箱のついた重機も使う。けれどおおむね、彼らは高い場所での作業を嫌がった。高所が苦手な人も多いし、危険を伴う。効率よくたくさん採るには、地上の方がよほど都合がいい。若者たちは人種も国籍も体格もさまざまだ。当然、背の高い人は有利。比べると、瀬戸杏奈はいかにも小さくて頼りない。けれど彼女は高い場所が平気なので、率先して脚立に乗った。

日除け帽のあご紐をキュッと締め、彼女はステップをひょいひょい登り、てっぺんに腰掛け、高い枝になった実を一つ一つ、パチンパチンとハサミで切り取った。ごろりとカンガルーバッグに入れていく。パチンパチン、ごろり。パチンパチン、ごろり。無心で手を動かしながら、瀬戸杏奈は思う。スーパーに並んでいたアボカドたちが、まさかこんなふうに実をつけていたとは。何気なく食べていた外国産のもの、みんな本当に、遠い所からやって来ていたんだなぁ。

一日八時間の肉体労働は、正直言ってかなりきつい。お金は少しずつ貯まってきているが、充分ではなく、まだまだこの仕事を続けなければならないだろう。日常は修行のようにストイック。収穫作業が、ここまで過酷な肉体労働だったとは。

けれど体は少しずつ慣れてきたし、時には得も言われぬ喜びを味わえた。それは例えば、送迎バスのドライバーから家族みたいに温かいハグをされたことだったり、同じ部屋のタイ人の女の子と、日焼け止めを塗り合ったことだったりする。

幸福はいろんな瞬間に訪れる。

夕陽が沈んでいくところを、きれいだなぁと思って見ているとき。トラックの荷台に乗ってガタゴト揺られながら、風に吹かれているとき。

地平線まで見渡せる雄大な景色の中、からりとした気持ちのいい風が彼女の頬をくすぐり、髪を撫でる。大地の匂いがする。そんなとき目を瞑ると、自我がどこかへ吹き飛んで、彼女は地球の一部になった気がした。自分がどこの国の人間かも、ここがどこかも忘れ、大地に転がる石ころみたいな気持ちになった。

これからどうするんだろう、どうなるんだろう。先のことはわからない。けれども、それほど怖くはなかった。慣れればどこでも寝られたし、笑いかけたら相手も笑った。

## 主な参考資料


アンソニー・サマーズ著　中田耕治訳『マリリン・モンローの真実』上・下　一九八八年（扶桑社）
ドナルド・スポト著　小沢瑞穂・真崎義博訳『マリリン・モンロー　最後の真実』１・２　一九九三年（光文社）
グロリア・スタイネム著　道下匡子訳『マリリン』一九八七年（草思社）
ベティ・フリーダン著　三浦冨美子訳『新しい女性の創造　改訂版』二〇〇四年（大和書房）
田中美津『新版　いのちの女たちへ　とり乱しウーマン・リブ論』二〇一六年（パンドラ）
井上輝子『日本のフェミニズム　１５０年の人と思想』二〇二一年（有斐閣）
小倉千加子『結婚の条件』二〇〇三年（朝日新聞社）
舟橋聖一『モンローのような女』一九六四年（文藝春秋）
「スクリーン」一九五三年三月号、四月号、一一月号、五四年二月号（近代映画社）
Motion Picture and Television Magazine, January 1953（Fawcett Publications）
Elizabeth Winder *Marilyn in Manhattan: Her Year of Joy*, 2017（Flatiron Books）
Astrid Franse, Michelle Morgan *Before Marilyn: The Blue Book Modelling Years*, 2015（The History Press Ltd）

初出

「文藝」二〇二二年夏季号　「マリリン・トールド・ミー」
二〇二三年春季号・夏季号「あなたを研究したい」
秋季号・冬季号「一九五二年のイット・ガール」
二〇二四年春季号「ガールズ・アー・オールライト」

単行本化にあたり、大幅に加筆・修正しました。

協力
石井由香理（上智大学総合人間科学部社会学科准教授）
久保朱莉
一般社団法人　日本ワーキング・ホリデー協会

マリリン・モンロー写真
Photo by Andre de Dienes/MUUS Collection via Getty Images
装画　M!DOR!
装丁　大島依提亜

山内マリコ（やまうち・まりこ）

一九八〇年富山県生まれ。二〇〇八年に「女による女のためのR－18文学賞」読者賞を受賞。一二年、受賞作を含む連作短編集『ここは退屈迎えに来て』を刊行してデビュー。その他の著書に『アズミ・ハルコは行方不明』『あのこは貴族』『選んだ孤独はよい孤独』『一心同体だった』『すべてのことはメッセージ　小説ユーミン』など。

マリリン・トールド・ミー

二〇二四年五月二〇日　初版印刷
二〇二四年五月三〇日　初版発行

著　者　山内《やまうち》マリコ
発行者　小野寺優
発行所　株式会社河出書房新社
〒一六二－八五四四
東京都新宿区東五軒町二－一三
電話〇三－三四〇四－一二〇一（営業）
〇三－三四〇四－八六一一（編集）
https://www.kawade.co.jp/

組　版　KAWADE DTP WORKS
印　刷　株式会社亨有堂印刷所
製　本　小泉製本株式会社

Printed in Japan
ISBN978-4-309-03185-9
落丁本・乱丁本はお取り替えいたします。

文藝から生まれた本

## 生きる演技

町屋良平

家族も友達もこの国も、みんな演技だろ——元「天才」子役と「炎上系」俳優。高１男子ふたりが、文化祭で演じた本気の舞台は、戦争の惨劇。芥川賞作家による圧巻の最高到達点。

## モモ100％

日比野コレコ

「安全な頭のネジの外し方もかわいい股の緩め方も人の愛し方も、いまだ全然わからない」モモの退屈な日常に彗星のごとく現れた、運命のトリックスター・星野。愛すべき文体で綴られた文藝賞受賞第一作！

## 煩悩

山下紘加

友達でも恋人でもないけれど、私たちはほとんど一つだった。それなのに、どうして——？　過剰に重ねる描写が圧倒的熱量をもって人間の愚かさをあぶり出す、破壊的青春小説。

## 迷彩色の男

安堂ホセ

ブラックボックス化した小さな事件がトリガーとなり、混沌を増す日常、醸成される屈折した怒り。快楽、恐怖、差別、暴力。折り重なる感情と衝動が色鮮やかに疾走する圧巻のクライム・スリラー。

## あなたのものじゃないものは、あなたのものじゃない

ヘレン・オイェイェミ 著　上田麻由子 訳

スターの炎上、姉妹団と兄弟団のバトル、鍵付きの日記にしたためた“沈黙させられてしまった声”——自由で大胆な知性で描く全9篇のストーリーコレクション。

## オレンジ色の世界

カレン・ラッセル 著　松田青子 訳

悪魔に授乳する新米ママ、〈湿地遺体〉の少女に恋した少年、奇妙な木に寄生された娘、水没都市に棲むゴンドラ乗りの姉妹……。不条理なこの現実を生き残るための、変身と反撃の作品集。

## どれほど似ているか

キム・ボヨン 著　斎藤真理子 訳

AIと人間、娘と母、新世代超人と旧世代超人——。全米図書賞にノミネートされ、キム・チョヨプら新世代韓国SFに圧倒的影響を与えるトップランナーによる、決定版作品集。

## ミルク・ブラッド・ヒート

ダンティール・W・モニーズ 著　押野素子 訳

予期せぬ悲劇によって親友を失った黒人少女に去来したものとは？　フロリダを舞台に描かれた心の闇と悲痛な赦しの瞬間。ロクサーヌ・ゲイらが激賞する黒人文学の新世代による衝撃の短篇集。